사랑에 대한
어떤 생각

사랑하거나 이별하거나 다시 사랑하거나

사랑에
대한

안바다 지음

어떤
생각

Winner's Secret Library · 위너스북
WINNER'S BOOK

사랑을 할 때마다,
나는 마치 사랑을 하듯이 사랑했다.

－페르난두 페소아

《불안의 서》, 배수아(역), 봄날의 책 , p.456

실은, 더 모르기 위해 아는 것

"사랑해"라는 말을 해보지 않은 사람이 있을까. 꼭 "나는 너를 사랑해"라는 주어와 서술어로 구성된 완전한 문장이 아니더라도, 누군가에게 고백하거나 고백 받아 보지 않은 사람이 있을까. 이룰/이를 수 없는 사랑에 홀로 가슴 아파하거나, 이별의 아픔에 슬퍼하지 않은 사람이 있을까.

17살 여름, 이름도 기억나지 않는 또래의 소녀와 편의점 파라솔 아래 오래 앉아 있었다. 아침에 만난 우리는 노을이 어둑하게 내려앉은 저녁까지 그곳에서 이야기했다. 그렇게 이야기해도 부족한 이야기는 편지에 썼다. 일주일에 한 번 만날 때마다 서로 한 뭉치의 편지를 건네주었고 우리는 다시 파라솔 아래서 하루를 보냈다. 몇몇 고유명사와 추상명사가 생각날 뿐 무슨 이야기를 했는지 거의 기억나지 않는다. 주로 음악과 문학과 감정에 대해 이야기했던 것 같다. 이를테면, 레드 제플린, 랜디 로즈, 에리히 프롬, 니체, 사르트르, 실존, 소유, 존재 같은 것들. 지금 생각해보면, 미소를 짓게 하는 17살 아이들의 고유명사와 추상명사들이었지만 당시에는 꽤나 진지했다. 대학생 남자친구가 있다는 그 아이의 긴 편지를 이해하고 답장을 쓰기 위해, 나는 열심히 도서관과 서점을 들락거려야 했다. 열정으로 무장한 그때의 자발적 공부는 누구도 따라올 수 없을 만큼, 그간 지나온 인생에 비해서도 집중력이 좋았고 성실했다. 들어보지 못한 고유명사를 그 아이가 편지에 나열하면, 그에 대한 답장을 쓰기 위해 관련 내용을 도서관이나 서점 한쪽에 앉아서 베끼곤 했다. 그리고 집에 와서 장문의 편지를 썼다. 필사해온 나름의 내용을 내 생각과 잘 배합해서 제법 폼 나게. 일주일 후 그 아이를 만나면, 별거 아니라는 듯이 건네주고 또 온종일 이야기했다. 가끔은 내가 먼저 그 아이가 언급하지 않은 고유명사와 추상명사를 언급하며 뿌듯해하기도 했다.

내게 사랑(17살 소년이 갖는 설렘을 그렇게 부르는 게 허락된다면)은 공부였다. 잘 보이고 싶은 마음이었겠지만, 사랑은 공부하게 했다. 사랑이 무엇인지 몰랐고, 막상 사랑이라는 것에 대해 생각조차 하지 않았지만 사랑은 나를 변화시켰다. 변화된 나를 남겨둔 채, 우리의 만남은 매미 소리처럼 어느 가을날 사라졌다. 그리고 그제야 나는 비로소 어떤 단어에 대해 오래 고민했다. 사랑은 무엇일까. 무엇을 사랑이라고 이야기할 수 있을까. 지금도 해명되지 않는 이 질문을 17살 소년은 꽤 진지하게 품었다.

사랑은 무엇일까. 수많은 사상가와 예술가, 그리고 과학자들이 사랑을 이야기했지만 여전히 사랑은 간단히 해명되거나 정의되지 않았다. 또한 사랑이 누구나 갖는 감정이고, 누구나 경험해본 일이라고, 누구나 제대로 사랑을 하는 것도 아니다. 사랑하는 사람이 있다고 해서, 혹은 연애를 한다고 해서, 꼭 '사랑'하는 것은 아니다. 어쩌면 우리가 사랑이라고 믿었던 것은 사랑 주변을 서성이는 일이었거나, 사랑하고 있다는 믿음이었는지 모른다.

사랑은, 프롬이 말했듯 꾸준히 단련하고 숙달해야 하는 어떤 기술(techne)이다. 좋은 의자를 만들기 위해 오랜 숙련의 과정이 있어야 하듯 좋은 사랑도 그래야 한다. 무수한 선 긋기와 데생 연습에서 시작하지 않은 위대한 화가가 없는 것처럼, 피나는 훈련 없이 위대한 연주자가 될 수 없는 것처럼, 제대로 된 사랑 역시 끊임없는 숙련이나 노력 없이는 가능하지 않은 것이다. 세상 모든 것이 그렇듯, 사랑도 처음은 미숙하다. 많은 실패와 시련, 그리고 슬픔을 통해서 우리는 조금씩 사랑에 대해 성찰하며 제대로 된 사랑에 닿으려고 그제야 노력한다. 감정이 이끄는 대로 그 감정에 충실한 사랑이, 사랑을 제대로 설명하는 것도, 사랑을 제대로 실천하게 하는 것도 아니다.

17살의 시간으로부터 멀리 떠나온 지금의 나는 제대로 사랑하고 있을까. 그렇지 않다. 여전히 사랑을 모르고 사랑에 서투르다. 사랑에 대한 어떤 생각들을 글로 쓰는 일은 사랑을 조금씩 더듬어보는 일이었다.

그것이 꼭 사랑에 대해 더 많이 알기 위해서는 아니었다. 배우는 것은 더 많이 알기 위해 배우는 것이 아니다. 실은, 더 모르기 위해 배우는 것이다. 모른다는 인식은 모를 때 생기는 게 아니라 무엇인가 알 때 생긴다. 사랑에 대해 아는 것도 그렇다. 사랑에 대해 많이 알고, 그것으로 사랑을 규명하고 해명해서 어떤 자명함에 사랑을 가두려는 것이 아니다. 아는 만큼 더 모르기 위해, 그래서 모르는 만큼 이제 사랑을 더 '잘'하고 싶어 서다.

사랑이 낯선 여행이고, 위험한 모험이고, 절박한 부름이고, 낯선 이가 사는 다른 세상이라면, 사랑은 벅차고 설레는 일이지만, 그 일은 힘들고 때론 우리를 불행하게 한다. 그래서 진정한 사랑은 오늘날 더 위협받고 점점 사라져 간다. 바디우의 말처럼, '타자의 실존에 관한 근원적인 경험'을 할 수 있는 일이 사랑 외에는 없을 것이라면, 사랑은 하면 좋고 하지 않으면 마는 일이 아니라 제대로 꼭 해야 하는 일이 된다. 나에게

이 책은 그 일의 작은 실천이다. 그 작은 실천을 '대상(大賞)'이라는 새로운 모험으로 열어준 카카오 브런치북 팀과 고생해서 책을 만든 위너스북 출판사에 감사의 마음을 전한다. 무엇보다 그동안 글쓰기를 묵묵히 응원해준 그 사람/사랑에게 고마움을 전한다. 아마 이 책의 모든 글은 그 사람/사랑이 아니었으면 쓰지 못했을 것이다.

아직 사랑을 못 하는 사람에게, 사랑을 시작하는 사람에게, 사랑에 빠진 사람에게, 사랑에 지친 사람에게, 사랑으로 슬픈 사람에게, 사랑을 실패한 사람에게, 그리고 사랑을 잊은 사람에게 이 책이 '하나인 둘의 세상'으로 떠나는 작은 시도가 되고 모험이 되면 좋겠다.

2016 가을, 안바다

1부

처음, 사랑

평범한 사랑이라도 위대한 우정보다 낫다
─ 사랑과 우정 사이, 고민하는 당신에게

사막이 아름다운 건,
어딘가에 우물이 숨어 있기 때문이야.

─ 앙투안 드 생텍쥐페리

어린 왕자가 여우를 만난 별은 '아주 메마르고 아주 날카롭고 아주 가혹한 별'이었다. 그 별에서 어린 왕자는 말했다. "난 외롭다… 난 외롭다… 난 외롭다…" 하지만 말해도 돌아오는 것은 자신의 목소리, 메아리였다. 그때 어린 왕자는 여우를 만났다.

"넌 누구지? 넌 참 예쁘구나…" 어린 왕자가 말했다.

"난 여우야." 여우가 말했다.

"이리 와서 나하고 함께 놀아. 난 정말로 슬프단다…" 어린 왕자가 제의했다.

"난 너하고 놀 수 없어." 여우가 말했다. "난 길들여져 있지 않으니까."

"'길들인다'는 게 뭐지?"

"그건 '관계를 만든다…'는 뜻이야." 여우가 말했다.
"관계를 만든다고?"
"그래." 여우가 말했다. "넌 아직은 나에겐 수많은 다른 소년들과 다를 바 없는 한 소년에 지나지 않아. 그래서 난 너를 필요로 하지 않고, 너도 날 필요로 하지 않지. 난 너에겐 수많은 다른 여우와 똑같은 한 마리 여우에 지나지 않아. 하지만 네가 나를 길들인다면 난 너에게 이 세상에 오직 하나밖에 없는 존재가 될 거야…"

– 앙투안 드 생텍쥐페리, 《어린 왕자》, 문예출판사, p.70

'관계를 맺는다'는 것은 물론 우정을 의미할 수 있다. 하지만 여우의 말은 우정보단 사랑할 때 생기는 감정과 더 유사하다. 내 삶 밖에 있거나, 내 곁을 스쳐 지나가면 그만인 수많은 관계와 존재가 '길들임'을 통해 단 하나의 특별한 관계와 존재가 되는 일, 관계 맺기를 통해 세상에 수많은 여자 중, 세상의 수많은 남자 중 당신이 하나밖에 없는 존재가 되는 일, 이 신비로운 일은 우정을 통해서 얻을 수 없다. 우정을 '특별함'이나 '단 하나밖에 없는 무엇'으로 환원하면, 우정이 우정으로 지속되기 힘든 속성 때문이다. 우정은 공평하게 모두가 공유할 수 있는 무엇이다. 그런 의미에서 우정은 가치 있는 것이지만 사랑을 대신할 수 없다.

"내 생활은 단조롭단다. (…) 그래서 난 좀 심심해. 하지만 네가 나를 길들인다면 내 생활은 환히 밝아질 거야. 다른 모든 발자국 소리와 구별되는 발자국 소리를 나는 알게 되겠지. 다른 발자국 소리들은 나를 땅 밑으로 기어들어가게 만들 테지만 너의 발자국 소리는 땅 밑 굴에서 나를 밖으로 불러낼 거야! 그리고 저길 봐! 저기 밀밭이 보이지? 난 빵은 먹지 않아. 밀은 내겐 아무 소용도 없는 거야. 밀밭은 나에게 아무것도 생각나게 하지 않아. 그건 서글픈 일이지! 그런데 너는 금빛 머리칼을 가졌어. 그러니 네가 나를 길들인다면 정말 근사할 거야! 밀은 금빛이니까 나에게 너를 생각나게 할 거거든. 그럼 난 밀밭 사이를 지나가는 바람소리를 사랑하게 될 거야…"

다음날 어린 왕자가 그리로 갔다.

"언제나 같은 시각에 오는 게 더 좋을 거야." 여우가 말했다. "이를테면, 네가 오후 네 시에 온다면 난 세 시부터 행복해지기 시작할 거야. 시간이 갈수록 난 점점 더 행복해지겠지."

"너희들은 예전의 내 여우와 같아. 그는 수많은 다른 여우들과 꼭같은 여우일 뿐이었어. 하지만 내가 그를 친구로 만들었기 때문에 그는 이제 이 세상에 오직 하나뿐인 여우야."

– 앙투안 드 생텍쥐페리, 《어린 왕자》, 문예출판사, pp.72-75

우정에선 가능하지 않은 일을 사랑은 가능하게 한다. 사랑은, 빵을 먹지 않는 여우에게 밀밭을 특별한 의미로 만든다. 밀밭을 지나가는 바람 소리마저 좋아하게 해준다. 사랑이라는 관계를 맺기 때문에 가능한 일이다. 이를테면, 같은 발자국 소리라도 당신의 발자국 소리는 다른 사람의 발자국 소리와 다르다. 또각또각, 그것은 구두굽이 내는 소리가 아니다. 사랑하는 사람에게서 나온 몸의 소리다. 그건 그녀의 소리고 그녀의 소리는 곧 그녀의 몸이다. 결국 그 발자국 소리는 그녀의 몸과 같은 것이 된다. 이 세상에 단 하나뿐인 그녀와 그녀의 발자국 소리.

철학자 질 들뢰즈는 자신의 저서 《프루스트와 기호들》에서 '평범한 사랑이라도 위대한 우정보다 낫다'고 말한다. 이 말은 들뢰즈가 다양한 기호적 의미를 가지는 예술이, 보편적이고 자명한 진리를 추구하는 철학 작업보다 더 낫다는 말을 비유적으로 설명하기 위해 한 말이지만, 실제로 우리는 우정의 관계보다 사랑의 관계에서 (마치 예술 작품처럼) 다양하고 풍부한 해석을 갖게/하게 된다. 그래서 사랑하는 사람을 만나면, 세 시부터 행복한 게 아니라 일주일 전부터 행복한 시간이 주어진다. 어쩌면 한 달, 혹은 일 년 전부터. 사랑은 행복의 시간을(혹은 아픔의 시간을) 신비롭게 확장시킨다. 친한 친구가 내게 던진 한마디의 말로 잠 못 이루진 않는다. 하지만 사랑하는 사람의 얼굴에 잠시 머물다 떠난 어떤 표정은 나에게 무수한 기호로 다가온다. 친한 친구가 지금 이 시간에 무엇을 하고 있을까라는 생각으로 밤을 새우진 않는다. 하지만 사랑하는 사람에 대한 생각으로 밤을 새우는 것은 불가능한 일이 아니다. 사랑은 우정에선 가볼 수 없는, 의미론적으로 훨씬 더 깊고 풍부한 삶의 영역으로 우리를 이끌고 간다.

빈센트 반 고흐, 론강의 별이 빛나는 밤, 1888

가난과 고독 속에서 힘겹게 살았던 고흐는 생전에 단 한 점의 작품만 팔렸다. 그럼에도 그는 '최선을 다해 사랑하는 것이 옳다고' 믿으며 삶의 마지막까지 '별'과 '사랑'을 상상했다. 그리고 그것을 그림으로 옮겼다. 하지만 우리는 꿈꾸지 않고 상상하지 않는다. 어린 왕자가 만난 허영꾼과 실업가처럼 허영과 명예 때문에, 그리고 물질 때문에 우리는 상상하지 않는다. 우리 삶과 우리 별은 점점 메말라간다. 메마른 그곳에서 번거롭고 성가신 사랑은 점점 밀려난다. 우리는 적당히 상처받지 않을 만한 효율적인

'관계'들만 유지하며 사랑이라는 환상을 거부하거나 삶에서 제거한다. 우리 삶이 사막이 되어가는 일은 피할 수 없는 것인지 몰라도 사막에서 우물마저 꿈꾸지 않는다는 것은 슬픈 일이다. 어린 왕자의 말처럼, 사막이 사막으로 아름답기 위해서는 어딘가에 우물이 숨어 있다는 환상 때문인데, 사람들은 이제 더 이상 환상을 품지 않는다. 삶에서 환상(우물)이 제거되는 일은 효율적인 삶의 방식이 될지는 몰라도, 그것이 삶을 풍부하게 만들진 않는다.

삶은 대개 관계없는 사람들과 무의미한 사건들로 산만하게 구성된 무엇이다. 관계없는 사람들과 무의미한 사건들이 관계있는 사람들과 의미 있는 사건들로 변하는 것은 길들이는 일을 통해 가능하다. 그리고 길들이는 일은 사랑이라는 환상을 거쳐야 가능하다. 당신이 나만의 특별한 사람이라는 인식이 도대체 환상 없이 어찌 가능하겠는가.

그러니 건조한 삶을, 메마른 사막을 극복하기 위해선 우물이 필요하다. 우물은 어딘가에 숨어 있는 환상이다. 그리고 환상이 사랑이라면, 사랑은 우리 메마른 삶 어딘가에 숨어 있다. 생텍쥐페리에겐 그 환상이 어린 왕자였고 어린 왕자에겐 여우였다. 하지만 환상을 소망하기에 우리는 보아뱀을 보지 못한 허영꾼과 상인처럼 너무 현실적인 것일까. 우리는 때로 우정과 사랑 사이에서 고민한다. 단조롭게 해석되는 우정으로 만족하며 살 것인지, 아니면 다양한 해석을 자양분으로 삼는 사랑(이 사랑이 짝사랑이든 무엇이든)이라는 모험에 뛰어들 것인지 말이다.

환상을 품는 어리석은 사람은 비록 그 관계가 우정보다 짧게 끝날

지라도, 우정보다 더 큰 상처와 아픔을 줄지라도, 우정보다 더 많은 번거로움과 낭비가 있을지라도 사랑을 선택한다. 왜냐하면 하나의 해석만 존재하는 단조롭고 메마른 세상에서 살기보단 어딘가에 숨어 있을 우물을 찾는 삶을, 풍부한 해석이 가능한 세상을 사는 게 낫기 때문이다. 내 사랑이 평범하고 흔한 사랑일지라도.

최초의 선물
– 있어주는 것

⋮

삶의 모든 무게와 고통으로
우리를 자유롭게 하는 하나의 단어,
그것은 사랑

– 소포클레스

가까운 누군가가 아픔으로 병원에 있을 때, 우리는 그 침상 곁에 한두 번쯤은 있어 보았다. 소독약 냄새, 무거운 공기, 희미하게 들리는 신음. 적막, 어떤 적막. 거기에서 내가 할 수 있는 것은 아무것도 없다. 고통을 줄여 줄 수도 아픔을 낫게 해줄 수도 없다. 그저 거기에 있는 것 밖에는.

점점 말할 수 없는 여자가 있다. 출판사에서 일했고 수도권 두 대학과 예술고등학교에서 문학을 강의했던 여자. 진지한 시집 세 권을 묶어냈고, 서평지에 칼럼도 기고했던 여자. 누구보다 예민하게 언어를 사용하고 느꼈지만 막상 언어의 감옥에 갇혀 문득 말을 하기가 힘들어진 여자. 그녀는 언어의 한계와 언어에 내재한 근원적인 폭력성으로 점점 말을 잃어갔다. 처음은 아니었다. 17살 때 한 번 그런 적이 있었다. 그때, 낯선 언어 (불어)가 그녀를 건드렸고 그녀는 '퇴화된 기관을 기억하듯' 다시 말할 수 있었다. 그래서 이번에도 실어증을 치료하기 위해 그녀는 낯선 외국어, '희랍어'를 배운다.

점점 볼 수 없는 한 남자가 있다. 독일에서 고대 희랍어와 철학을 전공한 남자. '세계는 환(幻)이고 산다는 건 꿈꾸는 것'이라고 생각하는 남자. 플라톤의 관념(이데아)을 탐구하며 세상을 살펴보지만 막상 제 세상을 보지 못하는 남자. 두껍지만 무기력한 안경을 쓰고 희랍어 강의를 하는 남자. 그는 아버지의 유전자를 물려받아 점점 실명이 되어 간다.

한강의 소설《희랍어 시간》에서 그런 둘이 만났다. 말을 잃어가는 한 여자와 시력을 잃어가는 한 남자가 만났다. 그런 그들이 만나면 무슨 일이 벌어질까. 그들은 희랍어 수업 시간을 통해 서로의 존재에 대해 조금씩 알아간다. 어느 날, 남자는 어두운 건물에 들어온 새를 구하려다, 발을 헛디며 넘어지고 만다. 상처를 입고 안경이 깨진 그는 아무것도 볼 수 없다. 볼 수 없는 그가 할 수 있는 일이란, 간절하게 누군가에게 도움을 요청하는 일이다. 아니, 차라리 '누군가'를 요청하는 일이다.

… 누구 없어요?

거기 누구 없어요?

'누구 없어요'라는 말은 '도와주세요'라는 말과 사뭇 다르다. '누구 없어요'라는 말은 단지 도움만을 요청하는 말이 아니다. '누가' 거기에 있기를 바란다는, 말 그대로 어떤 '존재'를 요청하는 일이다. 그때, 말하지 못하는 그녀가 그의 곁에 나타났다. 말할 수 없는 그녀는 떨리는 집게손가락으로 그의 손바닥에 또박또박 말을 '썼다'.

먼저

병원으로

가요.

우리는 타인을 부른다. 그냥 부르는 것이 아니라 절박함으로 타인을 부른다. 그리고 타인은 그 요청에 응답하며 우리 곁에 있어 준다. 말의 세계에서 멀어졌던 한 여자가 보지 못하는 한 남자의 말 걸기에 응답하며, 실어(失語)와 실명(失明)의 사이에서 그들은 만났고 함께 있어 주었다. 그리고 사랑을 했다. 그들이 할 수 있는 사랑이란, 보거나 말하는 것이 아니라 느끼고 감각하고 닿는 일, 즉 있어 주는 일이었다.

그녀의 얼굴에서 가장 부드러운 곳을 찾기 위해 그는 눈을 감고 뺨으로 더듬는다. 선득한 입술에 그의 뺨이 닿는다. (…) 눈을 뜨지 않은 채 그는 입맞춘다. 축축한 귀밑머리에, 눈썹에. 먼 곳에서 들리는 희미한 대답처럼, 그녀의 차가운 손끝이 그의 눈썹에 스쳤다 사라진다.
그의 차디찬 귓바퀴에, 눈가에서 입가로 이어지는 흉터에 닿았다 사
라진다.

– 한강, 《희랍어 시간》, 문학동네, pp.183-184

부재에서 존재가 생겨났다. '사랑'이라는 무엇이 그들의 잃은 것들
사이에서 생겨났다. 보다 근원적인 차원에서 사랑은 반드시 서로 보거나
말해야만 가능한 무엇은 아니었던 것이다. 무엇보다, 사랑은 서로 더듬
거리며 있어 주는 것이었다. 고병권은 있어 주는 것에 대해 다음과 같이
설명했다.

> '있어 줌.' 이 말에서는 '있음'과 '줌', 다시 말해 '존재'와 '선물'이 일
> 치한다. 독일어에서는 '무엇이 있다'는 말을 'Es gibt~'라고 한다. 여
> 기서 'gibt'라는 동사는 '주다'는 뜻의 'geben'에서 온 말이다. 그러
> 니 '있음'이 곧 '줌'이다. 존재가 선물이라는 말.

– 고병권, 《철학자와 하녀》, 메디치미디어, p.25

그러니까 누군가 곁에 있다는 것은 그저 '있는 것'이 아니라, '있음'
을 '주는 것'이다. 내가 힘들 때, 당신이 할 수 있는 일이 많지 않다. 어떤
말을 건네도 당신의 말이 세상을 변화시키거나 나의 힘듦과 아픔을 줄여
주지 못한다. 하지만 말 이전에 이미 당신은 내 곁에 있다. 그리고 나는

당신 곁에 있다. 간절한 나의 요청을 당신은 있어 주는 것으로 이미 응답하고 있었다. 어쩌면 말은 필요 없을지도 모른다. 그저 있어 주면 된다. 이미 당신은 내 곁에서 자신을 선물로 내어 주고 있으니까.

에드바르트 뭉크, 숲을 향해서 II, 1915

북구의 어두운 숲. 그 숲을 앞에 두고 연인이 서있다. 저 숲에서 어떤 일이 벌어질지, 그들 앞에 무슨 일이 일어날지 그들은 아무것도 알지 못한다. 그래서 숲의 깊은 음영만큼 그들은 불안하다. 연인은 꼭 끌어안고 있다. 여자는 남자의 허리에 남자는 여자의 허리에 팔을 두르고 고개를 기대며 서있다. 그들이 불안의 숲 앞에서 알 수 있는 것이, 할 수 있는 일이 하나도 없을지라도 그들은 함께 있다. 서로가 서로에게 자신을 내어주고 있다. 자신을 내어 선물하고 있다.

당신이 힘들거나 외로울 때 나는 얼마나 있어 주었는지. 그리고 힘들 때 있어 준 당신에 대해 나는 얼마나 고마워했는지. 그저 나의 힘듦과 괴/외로움만을 생각하고 있던 것은 아닌지. 당신이 말없이 주고 있는 선물을 나는 받지 못했던 것은 아닌지. 아니, 당신이 내게 선물을 주고 있다는 사실조차 모르고 있던 것은 아닌지.

'사랑이 무엇이다'라고 정의할 수는 없지만, '있어 주는 것'이 사랑이라고 말할 수 있지 않을까. 이전까지 내게 없던 당신이라는 존재가 내 옆에 있는 것, 절박한 요청을 외면하지 않고 내 곁에 있는 것, 말 그대로 '있음을 내어 주는 것'. 내가 당신에게 받은 최초의 선물, 그리고 내가 당신에게 준 최초의 선물. 있어 주는 것.

왜 나는 너를 사랑하는가
─ 이유 없음의 이유

> 연인들은 사랑 없이 의심하는 것 보다는
> 틀려도 사랑을 하는 모험을 더 좋아한다.
>
> ─ 알랭 드 보통, 《왜 나는 너를 사랑하는가》, 청미래, p.130

당신은 왜 나를 사랑해?

이런 질문에 우리는 다양한 대답을 한다. 대개 우리는 당신이 착해서, 라고 대답하거나 멋있거나 예뻐서, 라고 대답한다. 하지만 만약 그런 이유라면 더 착하고 더 멋지고 더 예쁜 사람이 나타난다면 나는 새로운 그 또는 그녀를 좋아해야 한다. 혹은 어떤 취미와 이상을 당신과 공유할 수 있어서, 라고 대답하기도 한다. 하지만 역시 그/그녀가 그 취미에 싫증 내거나 그 이상이 바뀐다면, 헤어져야 마땅하니 그것도 말이 되지 않는다. 그럼에도 우리는 한두 가지 이유를 붙여 대답한다. 당신의 외모, 성격, 말투, 분위기, 어떤 능력 등 때문이라고. 그런데 (그녀 자체는 아닌) 그녀를 둘러싼 이것들(평범한 외모, 흔한 취미, 특별할 것 없는 이상)은 대부분 다른 사람들에게도 쉽게 찾을 수 있는 것들이다. 왜 그녀를 사랑하는 것일까. 꼭 집어 그/그녀만을 사랑해야 하는 이유는 무엇일까. 도대체 나는 왜 그녀와 사랑에 빠졌을까.

사실 우리는 누군가와 특별하거나 고유한 이유로 사랑에 빠지는 것은 아니다. 다만 우리는 수많은 이유를 어디에선가 가져오고 있을 뿐이다. 그리고 '사후적'으로 판단한다. 어떠한 이유(원인) 때문에 이렇게 당신과 내가 만나게 되었다고 말이다. 이런 사후적 판단에 대해 물리학자 파인만은 '화물 신앙'에 대한 예를 들며 다음과 같이 지적했다.

내가 언급한 교육이나 심리학적 연구는 내가 카고 컬트Cargo Cult(화물 숭배) 과학이라고 부르고 싶은 것의 예라고 할 수 있습니다. 남태평양에는 카고 컬트 의식을 행하는 사람들이 있습니다. 전쟁 중에 비행기가 좋은 물건을 많이 싣고 착륙하는 것을 본 그들은 지금도 다시 그런 일이 일어나기를 바랍니다. 그래서 그들은 활주로 비슷한 것을 만들어 놓고, 활주로 양쪽에 불을 지펴 놓았습니다. 관제탑 같은 오두막집도 만들어 놓고, 이 오두막에 들어앉은 사람은 나무 조각 두 개로 헤드폰을 만들어 머리에 썼는데, 이 사람은 관제사입니다. 그리고 그들은 비행기가 착륙하기를 기다립니다. 그들은 모든 형식을 제대로 갖추었어요. 그 형식은 완벽합니다. 그것은 전과 완전히 똑같아 보입니다. 그러나 제대로 작동되지 않습니다. 비행기는 착륙하지 않

지요. 나는 이런 것들을 카고 컬트 과학이라고 부릅니다. 왜냐하면 그
들은 겉보기에 과학 탐구의 모든 지침과 형태를 따르고 있지만, 필수
적인 것을 빠뜨리고 있습니다. 그래서 비행기가 착륙할 수 없습니다.

– 리처드 파인만, 《발견하는 즐거움》, 승산, pp.233–234

남태평양의 그 부족 사람들은 어느 날 비행기가 하늘에서 화물을
가득 가지고 온 우연한 사건을 필연적인 무엇처럼 생각했다. 그래서 비
슷한 상황을 사후적으로 '재현'해 놓고 그 우연이 필연이 되기를 기다린
다. 그런데 그건 남태평양 사람들만 하는 일은 아니다. 우리 또한 우연히,
어떤 필연성 없이 그녀 혹은 그를 만났음에도 우리의 만남에 '사후적'으
로 어떤 의미를 부여한다. 내가 그 학교나 회사에 지원한 건 아마 당신을
만날 인연이라서 그런 거겠지. 그날 그곳에 가지 않았다면 당신을 만나
지 못했을 텐데, 마침 그곳에 가서 당신을 만날 수 있었어, 라고 말이다.
그러나 운명적으로 만났다는 생각은 이미 만나고 나서 한 판단이다. 습
기를 먹은 더운 날이 지나고 (→) 비가 내렸는데, 비가 내렸기 때문에 (→)
그동안 날이 더웠던 것으로 생각한다. 그런 의미에서 내가 당신을 사랑
하게 된 이유(원인) 역시 대개 사후적인 판단이 작용한 결과이다.

"내가 너를 사랑하는 것은 너의 재치나 재능이나 아름다움 때문이 아
니라, 아무런 조건 없이 네가 너이기 때문이다. 내가 너를 사랑하는
것은 너의 눈 색깔이나 다리의 길이나 수표책의 두께 때문이 아니라

네 영혼의 깊은 곳의 너 자신 때문이다."

– 알랭 드 보통, 《왜 나는 너를 사랑하는가》, 청미래, pp.190–191

'에세이'라는 서구의 문학적 유산을 잘 계승한 '소설'《왜 나는 너를
사랑하는가》(원제 Essay in Love)에서 알랭 드 보통은 그의 선배들, 가령
몽테뉴, 파스칼, 스탕달, 플로베르, 라 로슈코프, 그리고 쿤데라 못지않은
재치와 입담으로 '왜 내가 너를 사랑하는지' 이야기한다. 이 소설에서 드
보통도 여전히 풀리지 않는 질문과 대답을 하고 있다. 하지만 그는 왜 내
가 당신을 사랑하는지에 대해, '네 영혼의 깊은 너 자신 때문'이라는 식
의 막연한 대답밖에 하지 못한다. 우리는 이 질문에 대해 영원히 답할 수
없는 것인가. 그렇다. 사실 답할 수 없는 문제다. 그러니, 당신이 내게 묻
는다면, 차라리 당신을 사랑하는 특별한 이유는 없다고 솔직히 이야기하
는 편이 나을지도 모른다. 온갖 이유를 대며 사랑의 논리적 오류를 지적
당하거나 서툰 사후적 판단에 대한 비판을 받느니, 내가 당신을 사랑하
는 유일한 이유가 사실은 아무 '이유 없음'이 이유라고 이야기 하는 편이
낫다.

당신이 당신이기 때문에 사랑한다는 말은 사랑하기 때문에 사랑한
다는 말과 같은 순환에 빠진다. 이것은 성의 없는 대답이 아니다. 이 대
답은 어떤 다른 이유 때문에 당신을 사랑하지 않는다는 의미에서 가장
근원적인 대답이 될 수 있다. 남들에게도 해당되는 한두 가지의 이유, 가
령 돈, 재능, 외모 등으로 당신을 사랑하는 일은 '당신이라는 존재'를 사

1부
처음, 사랑

랑하는 일이 아닐 수도 있다. 당신이라는 존재를 사랑하는 유일한 이유
는 단 한 가지 밖에 없다. 이제 이렇게 답할 수 있다.

당신이 당신이기 때문에 사랑해.

'왜 사냐건 웃지요'라는 유명한 시구는 그런 성찰에서 나온 것이
다. 우리는 대답이 궁색할 때 웃는다. 물어도 딱히 대답할 말이 없을 때
웃는다. 왜 사냐고 물어도 딱히 할 대답이 없기 때문에 웃는다. 그 이유
없음이 사는 이유이기 때문이다. 우리가 '삶'을 살아가는 이유가 꼭 어떤
특정한 의미나 이유가 있기 때문에 사는 것이 아니듯(많은 사람은 '삶의 의
미'에 대해 한두 가지 이유를 대지만 그것들 역시 대개 태어나고 나서 의미를 부여한, 사후적
인 것들이다), 사랑도 그러하다. 당신을 사랑하는 것은 어떤 특정한 의미나
꼭 그래야만 하는 이유가 있기 때문이 아니다. 다만 태어났으니까 살고,
당신이라는 존재가 있으니까 당신을 사랑하는 것이다. 그러니까 당신이
당신이기 때문에 당신을 사랑하는 것이다.

존 윌리엄 워터하우스, 황금상자를 여는 프시케, 1903

삶은 의문으로 가득하지만 모든 것을 알 수 없다. 우리는 스스로 왜 사는지 대답할 수 있는 존재인가. 만약 나의 의지로 태어난 것이라면 왜 태어나서 사는지 물을 수 있다. 하지만 우리는 우리의 의지와 상관없이 태어났다. 그러니까 우리에게 삶은 주어진 것이다. 주어진 삶을 놓고 왜 사냐고 물으면 우리는 할 말이 없다. 삶은, 살아있으니까 사는 것. 그런 의미에서 사랑도 우리에게 주어진 것. 알고 계산하고 판단하고 추론을 통해서가 아니라 어떤 매혹에 이끌려, 우리는 사랑에 빠진다. 주어진 삶에 대해 왜 사는지 묻는 것이 의미가 없다면, 빠진 사랑에 대해 왜 사랑하는지 묻는 것도 의미가 없다. 나는 당신을 사랑하기 때문에 사랑하는 것.

알고 싶은 당신을 모르고 싶어요
− 그녀의 쇄골은 어떨까

⋮

> 우리가 안다는 것은 모르는 것일지도 모르며,
> 우리가 모른다는 것은 아는 것일지도 모른다.
> − 장자

누군가를 사랑하면, 사랑하는 사람에 대해 알고 싶어진다. 그녀의 쇄골은 어떨까. 침대의 이불은 어떤 디자인일까. 그는 어떤 책을 읽을까. 그녀의 소망은 무엇일까. 그녀가 좋아하는 구두는 어떤 스타일일까. 그의 연봉은 얼마일까. 그의 향기는 어떨까. 그의 유년 시절은 어땠을까. 오늘 낮에 그는 무엇을 먹었을까. 누군가에 대해 알고자 하는 마음이 사랑하는 마음과 다르지 않다면, 우리는 사랑하는 사람을 우선 알고 싶어 한다. 그래서 처음 사랑에 빠지면, 그와 온종일 편의점 파라솔 아래서 시간을 보내도 지루하지 않다. 그의 SNS에 자주 기웃거린다. 알아야 할게, 알고 싶은 게 많으니까. 그런데 이 행복하고 신비로운 감정은 동시에 불행하고 단조로운 미래를 암시한다.

나는 Y의 욕망의 모든 것을 즉각적으로 알아보았다. 그러자 Y는 내게 "속이 빤히 들여다보이는 사람"으로 여겨졌고, 나는 그를 더 이상 공포 속에서 사랑하는 게 아니라, 어머니가 자식을 사랑하듯 관대하게 사랑하게 되었다.

– 롤랑 바르트, 《사랑의 단상》, 동문선, pp.195-196

부부는 물론, 오래된 연인은 서로 잘 안다고 생각한다. 그들은 바르트의 말처럼 '속이 빤히 들여다보이는 사람'으로 여겨진다. 쇄골은 지겹도록 봐왔고 쇄골보다 더 깊숙한 곳도 이제 궁금하지 않다. 그의 (안타깝지만 이루기 쉽지 않을 것 같은, 그리고 제대로 실천하지도 않는) 소망과 희망에 대해선 오랫동안 들었다. 수시로 사들이는 그녀의 구두는 지겹도록 봐왔고 일부는 내가 사주었다. 물론 그녀의 이불은 빤 지 오래되어서 좀 쾌쾌하다는 것도 그녀 자취방에 가본바 이미 알고 있다. 사귄 지 빠르면 일 년, 또는 그 이상이 되면 (편의점 파라솔은 이미 갈 생각이 없고) 레스토랑 코스 요리 앞에서도 할 말이 그리 많지 않다. 눈앞에 나오는 음식 이야기, 어제 갔다 온 친구 결혼식 이야기만 주섬주섬 늘어놓을 뿐. 이제 더 이상 서로에 대한 이야기는 할 것도, 할 필요도 별로 느끼지 않는다. 물론 그와 그녀의 SNS에 여전히 기웃거리긴 한다. '언놈'이 집적거리진 않는지, 혹은 '언년'이 꼬리치고 있지는 않은지. 사랑하는 사람을 안다는 것에는 이상한 역설이 있다. 사랑해서 그녀가 알고 싶었는데 그녀를 알고 나니 사랑하는 감정이 시든 것. 누군가를 안다는 것은 익숙해진다는 것인데 익숙해진다는 것은 익숙해지기 전과 같지 않는다는 것. 다 풀어본 수학문제에 더 이상 흥미가 없는 것처럼, 사랑하기에 알고 싶었지만 알고 나니 더 이상 사랑하지 않게 되는 사랑의 역설.

이런 사랑의 역설을 체호프의 단편 소설 〈입맞춤〉은 잘 보여주고 있다. 소설의 주인공 포병 장교 랴보비치는 내성적이고 수줍음이 많다. 어느 날 부대 이동 중 들린 마을에서 그는 다른 동료들과 함께 예비역 장군 집에 초대받아 가게 된다. 그런데 파티 중 우연히 들어간 어두운 방에서 그는 묘령의 여인에게 실수로 키스를 받는다.

> 랴보비치는 어쩔 줄 몰라 걸음을 멈추고 서 있었다… 그러자 뜻밖에도 그 때 바쁜 듯한 발걸음 소리와 사각사각 비단 옷자락 스치는 소리가 나더니, 숨가쁜 여인의 목소리가 속삭이듯 '이제야 오셨군요!' 하고 말하자마자 두 개의 부드럽고 향기로운, 틀림없는 여성의 팔이 그의 목을 얼싸안으며, 그의 볼에 따스한 볼이 와 닿는 순간 키스하는 소리가 들려 왔다. 그러나 별안간 키스한 여인은 나지막한 소리를 지르며, 랴보비치가 느낀대로 표현하자면 매우 더럽다는 듯이 그에게서 물러섰다.
>
> (…)
>
> 바로 조금 전에 좋은 냄새가 풍기는 토실토실하고 부드러운 두 팔에 껴안았던 그의 목덜미는 향유라도 바른 듯한 기분이었음, 또한 알지 못하는 여인에게서 키스받은 왼쪽 콧수염 부근이 마치 박하수라도

떨어뜨린 것처럼 기분 좋게 약간 시원하고, 그 자리를 문지르면 문지를수록 시원한 느낌이 점점 강렬해져 가는 상태여서, 그는 온몸이 머리끝에서 발끝까지 아직도 맛본 적이 없는 이상한 느낌으로 가득 차 버렸을 뿐 아니라, 그 느낌은 끊임없이 더 진해져 갔다…

— 안톤 체호프, 《귀여운 여인》, 혜원출판사 p.114

어둠 속에서, 랴보비치는 보이지 않는(알 수 없는) 여인이 생생한 느낌으로 다가왔다. 그리고 그 느낌은 점점 강렬해졌다. 흥미로운 사실은 그 강렬한 감정과 느낌은 밝은 곳에서는 갖기 힘들다는 점이다.

그는 이 연보랏빛 옷을 입은 아가씨를 문득 쳐다보았는데, 이 아가씨가 그만 꼭 마음에 들고 말았다. (…) 랴보비치는 이 아가씨를 쳐다보고 있는 동안, 다른 사람이 아닌 바로 이 아가씨가 아까 스쳐 지나갔던 낯모르는 여인이라면 참으로 좋겠다고 생각했다… 그러나 바로 그 때, 그녀가 무엇인가 애교 있는 웃음을 웃기 시작하여 쪽곧은 기다란 콧마루에 주름살을 모은 순간, 그에게는 그녀의 코의 모습이 참으로 시대에 뒤떨어진 것처럼 느껴졌다. 그래서 그는 시선을 돌려, 검은 옷을 입은 금발머리 아가씨를 쳐다보기 시작했다. 이 아가씨는 아까 그 아가씨에 비해서 나이도 젊고 태도도 분명하여 눈매도 순진하고 귀밑머리를 약간 늘어뜨리고 있는 모습이 퍽 귀여웠으며, 더구나 몹시 아름다운 입매로 유리잔의 포도주를 맛보고 있었다. 랴보비치는 이번에는 이 아가씨가 그 여인이었으면 참 좋겠다고 생각했다. 그러나 그는 곧 그녀의 얼굴이 납작하다는 것을 깨닫고, 그녀 옆에 있는 여인에게로 눈길을 옮겼다.

'이 수수께끼는 꽤 힘드는군.' 하고 그는 제멋대로 공상하는 것이었다.

(…)

마음 속으로 이런 결합을 만들어 보니까 자기에게 키스한 아가씨의 모습, 그가 바라는 모습이 뚜렷이 만들어지기는 했으나, 막상 쭉 훑어 보니 그 자리에서는 도무지 찾아 낼 수가 없었다.

– 안톤 체호프, 《귀여운 여인》, 혜원출판사 p.116

랴보비치는 밝은 곳에서 머릿결, 코, 피부, 얼굴 모양 등 그녀들의 모든 것을 세세하게 보았다. 하지만 베일에 가려진 그녀들이 아니라 환히 모든 것이 드러난 그녀들은 더 이상 신비롭지도 매력적이지도 않았다. 랴보비치에게 어둠 속의 여인은 가장 이상적인 방식으로 상상되었지만 막상 밝은 빛 아래, 말하자면 알 수 있게 환히 '드러난' 여인들은 가장 시시한 존재가 되었던 것이다. 누군가를 멀리서 보고 있을 땐 좋았는데 막상 가까워지고 나니, 심드렁해지는 경우 가끔 있지 않던가. 그러니까 그와 그녀를 알고 싶다는 간절한 욕망은 당신을 내 사랑에서 점점 몰아내겠다는 의도와 다르지 않은 것이 되었다. 물론 의도한 것은 아니겠지만.

르네 마그리트, 연인들 Ⅱ, 1928

당신에 대한 몇 가지는, 내가 알 수 없는 당신의 몫으로 남겨두는 일도 필요하지 않을까. 나는 당신의 모든 것을 알 수 없다. 알고 싶은 욕망만 가득할 뿐. 그리고 만약 당신을 다 알게 된다면, 혹은 그렇다고 생각한다면 당신을 더 이상 사랑하지 않을 수도 있다. 사랑하기 때문에 알고 싶지만 사랑하기 위해서 당신을 모를 필요도 있다.

대개 (처음에 긍정적이었던) 낱낱이 알고자 하는 마음이 어느 순간 낱낱이 통제하고 싶은 마음으로 변하는 것은 어려운 일이 아니다. 그래서 '(다정하게) 아까 뭐했어?'라는 질문이 '(취조하듯) 아까 뭐했어?'라는 질문으로 변하는 것처럼, 종종 '알고 싶다'는 소망이 '사랑'이라는 이름 대신,

'억압과 구속'이라는 이름이 되고는 한다. 그렇기에 오래된 연인(혹은 부부)이라면, 아는 것보다 모르는 것이 더 필요한 것은 아닐까. 그것은 상대에 대해 무관심하자는 것이 아니다. 관심이 없어서 무심하자는 게 아니라 관심을 갖되 내가 그의 모든 것은 알 수 없다는 마음을 갖는 것을 의미한다. 실제로 안다는 것은 모르는 것이 더 많아지는 일이다. 인식론적 차원에서 무엇인가 많이 알수록 더 많이 모르게 된다. 가령, 석기 시대 수렵인보다 아인슈타인이 훨씬 더 모르는 것이 많았을 것이다. 아인슈타인은 수렵인보다 이해하고 파악해야 할 것들이 더 많이 생겼기 때문이다. 실제로 모르는 것의 총량을 재본다면 석기 수렵인과 비교도 되지 않을 만큼 아인슈타인이 '모름'이 훨씬 클 것이다. 물론 그것은 아인슈타인이 많이 알았기 때문에 가능한 일이다.

　그러니까 사랑하는 사람을 알수록 우리는 모른다. 이 말은 모순어법이 아니다. 실제로 그렇다. 당신에 대해 깊이, 그리고 많이 알수록 나는 당신에 대한 모름이 더 커지고 있다. 우리는 단지 많이 안다고 생각할 뿐이다. 그래서 종종 우리는 안다고 생각하며 알려는 노력을 덜 한다. 당신에겐 아직 어떤 정답도 결과도 없는데, 나는 이미 다 알고 있다고 생각한다. 하지만 사실 우리는 알수록 모르고 있었다. 당신을 안다는 것은 당신을 모르는 일이었던 것이다.

당신을 향한 모험
−사랑'하는' 용기

· · ·
· · ·

가능한 한 많은 것을 사랑해야 해.
진실한 힘이 거기에서 나오기 때문이야.
사랑이 많은 사람이 더 많은 것을 이루고,
그렇게 이룬 일은 무엇이든 좋은 것이니까.

− 빈센트 반 고흐

일상 언어에서 난무하는 '사랑해'라는 말은 '사랑'이라는 명사와 '하다'라는 동사의 활용형 '하여'를 결합해서 하나의 형태로 굳어진 말이 되었다. 하지만 '사랑'이라는 명사에 '받다'라는 동사의 활용형 '받아'를 활용해 결합한 말은 없다. 그런 의미에서 '사랑'이라는 단어는 수동적으로 어떤 것을 받는다는 의미로 활용하기보다 능동적으로 어떤 행동을 한다는 의미로 활용하는 것이 더 잘 어울리는 말이라 할 수 있다.

그러나 '사랑해'라는 말을 주문처럼 외우는 사람이 많다고 해서 막상 사랑'하는' 사람이 꼭 많은 것은 아니다. 사랑'하는' 것은 생각보다 쉬운 일이 아니기 때문이다. 정확히 말하면, 사랑은 힘들다. 그래서 아예 사랑을 하지 않거나, 외면하거나, 귀찮게 여기거나, 우습게 생각하거나, 그것도 아니면 그저 소비해 버리고 만다. 알랭 바디우는 《사랑 예찬》에서 프랑스 만남 알선 사이트 '미틱(Meetic)'의 광고를 사례로 들면서 흥미로운 이야기를 했다. 그 회사의 광고 문구는 다음과 같다.

"위험 없는 사랑을 당신에게!"

"사랑에 빠지지 않고서도 우리는 사랑할 수 있다!"

"고통받지 않고서도 당신은 완벽하게 사랑에 빠질 수 있습니다!"

– 알랭 바디우, 《사랑예찬》, 도서출판 길, p.16

바디우는 이 문구들이 강조하는 것은 '안전한 개념'의 사랑이라며 '사랑-보험'과도 같은 만남을 보장해준다고 지적한다. 이 문구들이 의미하는 바는 '달달한 사랑'은 하고 싶은데 사랑이 주는 근원적인 불안, 고통, 좌절, 실패, 아픔은 피하고 싶다는 것. 이 광고 문구들은 고통받고 싶지 않은, 심지어 사랑에 빠지지 않으며 사랑하고 싶은 지금 우리의 모습, 즉 '열정을 절약'하면서 최대한 달달함은 느끼고 싶은 우리들의 사랑을 보여준다. 온갖 달달한 것들에 길든 우리는 위험한 도약이나 모험 같은 사랑은 피하거나 외면하고 싶어 한다. '심각하게' 빠지거나 정열적인 사랑을 하는 것은 이제 유행이 지난 것처럼 보이기조차 한다. '쿨'하게 적정의 (감정적) 거리를 유지한다. 그리하여 쾌락과 즐거움과 달달함은 얻지만 사랑에서 수반되는 고통과 슬픔은 피해간다. 그런데 사랑에 빠지는 일은, 그러니까 'fall'은 쓰러지는 일이고 몰락하는 일이고 추락하는 일이다. 쓰러지는 일에는 용기가 필요하다. 가장 어두운 곳에 있으면서, 상처받을 걸 알면서도 위험과 고통을 무릅쓴 '조제'처럼 말이다. 그녀는 우리와 달리 사랑을 '했고' 그 사랑에 성공했다.

영화 〈조제, 호랑이 그리고 물고기들〉에서 다리가 불편한, 그래서 항상 할머니가 모는 유모차를 타고 살아야 했던 조제(이케와키 치즈루). 그녀는 (다리 없는) 물고기처럼 심해 같은 방바닥에서 웅크리고 있거나 기어다녔다. 그런 그녀가 할머니가 돌아가신 후, 성격 좋고 건강한 츠네오(츠마부키 사토시)를 만나면서 어둡고 추운 심해에서 나오게 된다. 조제와 츠네오는 동물원에 놀러 가고 바다에도 여행 간다. 그리고 그들은 가까워진다. 하지만 다른 여자를 만나는 츠네오의 태도를 비추어볼 때 그가 조제를 사랑한 건 아니었다. 조제에 대한 츠네오의 감정은 호기심, 관심, 혹은 동정과 연민으로 불릴 수 있는 것들이었다. 그는 자신의 모든 것을 내던진, 그래서 용기가 필요한 어떤 사랑을 '한' 것은 아니었다.

조제는 달랐다. 그녀는 사랑하는 사람이 생기면 동물원에 가서 호랑이를 꼭 정면으로 보고 싶다고 말했다. 그것은 그저 그런 사랑을 하겠다는 의미가 아니다. 무서운 호랑이(세상)를 정면으로 응시하는 것은 누군가를 사랑할 때, 그만큼의 결단과 용기를 갖겠다는 의미였다. 하지만 그들은 헤어졌다. 더는 사랑할 수 없었던 츠네오는 조제를 떠났다. 정확히 말하면 애초에 사랑하지 않았던 츠네오는 조제를 떠났다. 그리고 (그들이 아니라) 그는 사랑에 실패했다.

이누도 잇신, 〈조제, 호랑이 그리고 물고기들〉, 2003

이미 물고기처럼 어둡고 추운 심해에 빠져 헤엄치는 조제. 그런 그녀가 다시 '빠져야'
하는 일에 모험을 걸 수 있을까. 그때 필요한 용기는 얼마나 큰 것일까. 우리의 사랑
에는 어떤 용기가 있을까. 달달함에 포획되지 않는 사랑을 우리는 시도하지 않는다.
심지어 모험을 감행하는 그런 사랑을 시간적, 경제적, 감정적 낭비로 생각하며 우리
는 안전한 사랑과 달콤한 사랑을 찾아다닌다.

　　하지만 조제는 성공했다. 헤어졌기 때문에 사랑에 실패했다고 말
하면 안 된다. 모든 연인이 만난다고 꼭 사랑하는 것이 아니듯, 헤어졌다
고 반드시 사랑에 실패하는 것은 아니다. 사랑에 실패한 만남(혹은 결혼)
이 있듯, 사랑에 성공한 이별 역시 있다. 조제는 상처받을 것을 알면서도
자신의 모든 것을 던지고 용기 있게 사랑했다. 다시 차갑고 외로운 심해
에서 (다리 없는 조개처럼) 구를지라도, 그녀는 잠시 뭍으로 올라왔고 사랑
했다. 그리고 그 사랑에 성공했다.

이누도 잇신, 〈조제, 호랑이 그리고 물고기들〉, 2003

무서운 세상(호랑이)을 마주하는 것과 사랑 '하는' 것은 용기가 필요한 일. 사랑을 통해

나 아닌 타자를 만나는 일은 시련과 마주하는 일이다. 다른 환경, 다른 가치관, 다른

신체, (대개) 다른 성별의 두 존재가 만나서 사랑이라는 동일한 무대에서 관계 맺는 일

에 고통이나 시련이 없을 수 없다. 이 사랑이라는 위험하고 불확실한 일에 가담하는

것은 하면 좋고 아니면 마는 태도로 할 수 있는 일이 아니다. 그것은 모든 두려움과

고통을 대면하고 모험을 감행하는 일이다.

1부
처음, 사랑

사랑은 두려운 무엇이다. 사랑은 우리에게 깊은 상처를 낸다. 사랑하고 상처받아 보지 않은 사람 어디 있던가. 그래서 영민한 요즘 사람들은 적당히 달달한 사랑을 '받기'는 원하지만, 격렬히 사랑'하기'는 원치 않는다. 사랑'하는' 것은 상처 입을 것을 알면서도 당신이라는 밀도 높은 존재에게 한 발짝 다가서는 일이다. 도약하는 결단과 용기가 필요한 일이다. 조제에게는 그것이 있었다. 두 다리는 없었더라도 말이다.

그녀가 우리에게 가르쳐 주는 것 하나. 용기 있게 사랑하기. 결단이 필요하고 때론 상처를 받을 수도 있는 일이지만 정말 사랑한다면, 말로만 중얼거리며 쉽게 내던지고 쉽게 회수하는 그런 사랑이 아니라면, 당신이라는 세상으로 위험한 모험을 감행하기. 다시 깊은 바다에서 구를지라도.

당신이라는 텍스트

−당신이 내게 다가오는 방식

> 텍스트는 정보를 전달하는 것이라기보다는
> 인간의 본성과 존재를 설정하는 것
> −발터 벤야민

　　당신이라는 텍스트. 당신이라는 텍스트는 우선 당신이다. 그리고 그 텍스트는 어떤 구체적 공간(자주 만났던, 자주 갔었던) 일 수 있다. 또 당신을 만나던 그때 처한 특수한 조건이거나 또는 열병처럼 앓았던 어떤 상황일 수 있다. 혹은 당신과 관련된 어떤 물건이나 소품, 음악 같은 것일 수도 있고, 당신과 함께 바라보곤 했던 노을일 수도 있다.

　　우리는 누군가를 만날 때, 그 사람만을 만날 수 없다. 그가 걸친 옷, 그가 신은 구두, 그와 만났던 어떤 공간이나 장소, 혹은 계절, 때론 바람과 함께 우리는 그를 만났다. 그와 그를 둘러싼 모든 것들이 내게 왔고 간혹 그것들은 나를 떠났다. '그녀'를 좋아한다는 것은 어쩌면 그녀와 그녀를 둘러싼 모든 것일지도 모른다. 그러니까 당신은 텍스트가 되어 내게 온다. 동시에 당신과 나를 둘러싼 모든 것들도 텍스트가 되어 우리에게 주어진다.

밀란 쿤데라의 소설 《농담》에서 주인공 루드빅은 정치범으로 군대에 강제 징집된다. 여자친구에게 (장난으로) 보낸 엽서가 문제가 되었던 것이다. 고지식하고 (마치 사회주의 혁명이 일어났던 그때의 시대정신처럼) 진지한 여자친구. 그녀가 방학 동안 당의 연수에 참가하는 것에 심통이 난 루드빅은 '낙관주의는 인류의 아편이다. 건전한 정신은 어리석음의 악취를 풍긴다'라고 장난스럽게 쓴 엽서 한 장을 연수원으로 보낸다. '트로츠키 만세'라는 익살스러운 문구를 덧붙여서 말이다.

루드빅은 트로츠키를 진지하게 지지하는 것도, 낙관주의나 '건전한 정신'을 심각하게 조롱하고 싶은 것도 아니었다. 자신은 여자친구를 그리워하고 있는데 여자친구는 연수원 생활에 만족해하는 것에 대한 장난, 그저 농담이었던 것이다. 하지만 경직된 여자친구와 당 위원회와 그 시대는 그의 농담을 이해하지도 받아들이지도 않았다. 농담을 받아들이지 못하는 시대에서 루드빅의 농담은 그의 의도와 무관하게 진지하고 심각한 정치적 선동이 되었다. 그리고 그는 군대에 강제 징집된다.

그는 군인의 신분으로 탄광에서 기약 없는 나날을 보낸다. 그때 루치에라는 여인을 만난다. 외출 허가를 받은 그는 오스트라바 변두리에서, 공장과 벌판과 쓰레기 더미에서, 탄광의 잿무더기가 펼쳐진 풍경에서, 이름조차 갖지 못한 한 극장에서 루치에와 조우한다. 너무 평범해서,

그 평범함마저 특별하게 느껴지는 그녀는 우수가 가득한 채 느리게 걷고 움직였고, 심지어 '느리게' 앉아있었다. 그런 그녀를 루드빅은 좋아하게 된다. 그런데 루드빅은 한 여자를 좋아하게 되는 것은 그녀 자체라기보다는 그녀가 자신에게 '다가오는 방식'을 좋아한다며, 그녀를 마치 자신들 이야기의 등장인물로서 사랑한다. 루드빅은 자신의 사랑에서, '오스트라바의 변두리', '철조망 사이로 밀어 넣어 주던 장미', '그녀의 해진 옷', '희망 없던 오랜 기다림' 등과 같은 일종의 '텍스트'가 없었다면, 자신이 사랑했던 루치에가 실은 사랑하는 사람이 아니었을지도 모른다고 생각한 것이다.

　　루드빅의 말대로 누군가를 좋아한다는 것은 '그녀가 내게 다가오는 방식'일지도 모른다. 대개 누군가를 좋아하는 계기는 (흔히 과장적 언사로 '한눈에 반한'게 아니라면) 대부분 어떤 문맥 속에서 생겨난다. 루드빅에게 사랑은 단지 그녀에게 생겨난 것이 아니라, 허름한 변두리의 풍경과 해진 외투와 희망 없는 오랜 기다림 속에서 생겨난 것이다. 그러니까 그녀와 그녀가 다가온 방식은 그에게 하나의 텍스트가 된 것이다.

　　내게 다가온 텍스트를 읽는다는 것은 무슨 의미일까. 그것은 그저 한 번 훑고 마는 일이 아니다. 행간을 살펴가며 텍스트에 담긴 의미를 해석하는 일이다. 의미를 살피고 해석하는 일이 텍스트를 특정한 의미와 해석으로 규정하려는 것으로 생각하기 쉽지만, 사실 그 일은 텍스트의 이해와 해석의 가능성을 풍부하게 하는 일이다. 당신이라는 텍스트를 읽는 일은 당신을 한가지의 고정점에 세우기 위해서가 아니다. 당신과 당신을 만나며 내게 다가온 모든 것들에 다양한 색채와 밀도 높은 질감을 부여하기 위해서다.

좋은 텍스트가 되기 위해서는 우선 텍스트 자체에 끊임없이 흘러나오는 매력이 있어야겠지만, 사실 그보다 텍스트를 읽는 사람의 태도에 따라 텍스트의 매력이 생성되는 경우가 많다. 만약 당신을 진부한 텍스로 생각하지 않는다면, 새롭게 이해되고 해석되는 텍스트로 당신을 생각한다면, 당신이라는 텍스트는 매번 시도되지만 매번 실패하는 해석이 될 것이다. 그것은 끊임없이 읽어나가기 위해 노력해야 하는 텍스트가 되는 일이기도 하다.

짧게 내린 소나기가 몰고 온 흙냄새와 먼 초원의 냄새. 서늘한 풍경을 곁에 두고 서걱서걱한 바람과 함께 온, 당신이라는 텍스트. 당신의 호기심, 당신의 목소리, 당신의 피부, 당신의 냄새, 당신의 언어, 당신의 외로움. 이 모든 것이 고스란히 담긴, 꽤 오래되고 낡은 텍스트. 누구나 한두 개쯤은 품고 있는, 지금도 누군가는 쓰고 있는 텍스트. 그리고 누군가는 여태 읽고 있는 텍스트. 당신은 소설, 당신은 영화, 당신은 그림, 당신은 풍경. 당신을 사랑하는 일은 당신이라는 긴 텍스트를 읽는 것이고 당신을 사랑하는 시간은 당신이라는 텍스트를 읽는 시간이다. 밑줄 긋고 밑줄 그어지는 나와 당신의 텍스트.

파울 클레, 꿈의 도시, 1921

'한 여자를 그토록 많이 생각하고 그토록 고요히 온 마음을 집중했던 적은 다시 없었다'는 루드빅의 말처럼, 당신이 나의 텍스트가 되고 내가 당신의 텍스트가 된다는 것은 온전하게 마음을 집중해서 읽고 이해하기 위해 노력하는 무엇이 된다는 것을 의미한다. 그것은 완전히 해석되고 알기 위해서가 아니다. 끊임없이 해석되고 알아가야 하는 텍스트가 되기 위함이다.

사랑은 오류

─ 당신의 오류와 나의 오류가 만날 때

> 내가 결정착용이라고 부르는 것은,
> 눈앞에 나타나는 모든 것으로부터
> 사랑하는 상대방의 새로운 미점을 발견하는
> 정신의 활동이다.
>
> ─ 스탕달

지혜는 그야말로 가장 아름다운 것들에 속하는데, 에로스는 아름다운 것에 관한 사랑(에로스)이지요. 그래서 에로스는 필연적으로 지혜를 사랑하는 자일 수밖에 없고, 지혜를 사랑하는 자이기에 지혜로운 것과 무지한 것 사이에 있을 수밖에 없습니다.

─ 플라톤, 《향연》, 이제이북스, p.129

《향연》에서 플라톤은 디오티마의 이야기를 통해 '무엇을 사랑하는가'에 대한 답으로 '에로스(사랑)는 아름다운 것에 관한 사랑(에로스)'이라고 말했다. 이때 아름다운이란 지금의 선(善, good)을 포괄하는 개념이다. '칼로카가티아(kalokagathia)'라는 개념처럼, 고대 그리스인들에게 가장 좋은 것은 가장 아름다운 것이고, 가장 아름다운 것은 가장 좋은 것이었다. 플라톤을 비롯한 고대 그리스 철학자들은 수학적 비율(피타고라스)이나 어떤 완벽한 이상(이데아)을 아름다움의 한 본보기로 삼았다. 그러니까 그들은 아름다운데다 지혜로운, 요즘 말로 하면 예쁜(美)데 착하(善)고 똑똑하기(眞)까지한 존재를 사랑하는 것이었다.

우리는 흔히 아름다움의 기준은 시대나 문화마다 다르다고 이야기한다. 그리고 그것을 바람직한 한 태도로 간주하고 '외모지상주의'에 대해 비판하기도 한다. 외모지상주의에 대해 지적하는 것은 옳은 일일 수 있지만 아름다움의 기준이 시대, 문화, 혹은 사람마다 다르다는 주장이 꼭 옳다고 볼 수만은 없다.

> 모든 사람이 0.7 이하를 가장 매력적으로 간주한다. 그 비율은 모래시계 몸매, 개미허리, 36-24-36 등의 이상적인 형태에 해당한다. 〈플레이보이〉들의 센터폴드(중간 페이지) 모델들과 지난 70년에 걸친 미인대회 우승자들의 비율을 측정했다. 그들이 몸무게는 갈수록 낮아졌지만, 엉덩이 대비 허리 비율은 변하지 않았다. 심지어 수만 년 전에 조각된 후기 구석기 비너스 조상들도 대부분 정확한 비율의 몸매를 가지고 있다.
>
> – 스티븐 핑커, 《마음은 어떻게 작동하는가》, 동녘 사이언스, p.746

스티븐 핑커는 아름답다고 여겨지는 이상적인 신체 비율은 분명히 있다고 주장한다. 우리가 인지하는 미의 체계나 관점이 시대나 문화마다 다르다고 '(외모)평등주의자'들은 이야기하지만 사실 고대 부족이든 현대인이든, 그들이 동의하는 표준적인, 혹은 이상적인 미가 존재하고 있다는 것이다.

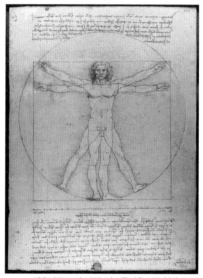

레오나르도 다 빈치, 비트루비우스적 인간, 1485

'조화와 비례'로서의 미는 보는 사람으로 하여금 쾌감을 준다. 아름다운 것을 보고 이런 쾌감에 빠지지 않는 사람은 없다. 아름다운 것을 좋아하는 것은 인류 진화의 결과로 생겨난 우리의 본연의 감정일 수 있다. 하지만 그렇다고 우리가 아름다운 사람을 꼭 사랑하는 것은 아니다. 우리는 종종 수학적으로 오류가 있거나 합리적으로 배치되지 않은 그녀의 얼굴과 신체에 매혹되곤 한다.

그럼에도 우리는 분명히 수학적으로 오류가 있는 그와 그녀를 사랑한다. 물론 수학적 비율이 완벽한 이상(理想)/이성(異性)을 감히 넘보지 못해서 애초에 사랑하지 않는 경우도 있다. 하지만 많은 사람은 텔레비전을 보며 이렇게 말한다. (이상적인 비율로 적절히 배치된 얼굴과 신체를 가진 어떤 아이돌이나 배우인) X보다 난 당신이 더 예쁘고 멋있어, 라고. 이 말을 단지 아무나 거짓말로 취급하기에는 진심 어린 표정으로 고백하는 상대방에게 미안한 일이다. 진실로 우리는 그/그녀가 더 아름답다고 생각하는 것이다. 이런 증상을 스탕달은 '결정작용(結晶作用, crystallization)'이라고 불렀다.

제발트의 소설《현기증. 감정들》의 첫 번째 장 〈벨, 또는 사랑에 대한 기묘한 사실〉은 스탕달에 대한 이야기다. 앙리 벨(스탕달의 본명이다) 이 프랑스와 이탈리아 두 나라를 번갈아 방문하며 살고 있을 시절, 그는 메틸데라는 여인을 사랑하게 된다. 하지만 벨은 그녀에게 냉정한 답변을 담은 짧은 편지만 받을 뿐이었다. 몇 달 동안 자책 속에서 지내던 벨은 이루지 못한 지독한 열정으로 사랑의 회고록을 쓰자고 마음먹는다. 그렇게 나온 책이《사랑에 대하여》라는 책이다 (흔히 스탕달의 《연애론》으로 번역된다). 이 책에는 스탕달이 게라르디라는 한 부인과 함께 여행하는 다음과 같은 이야기가 담겨 있다.

때는 지독한 폭염이 계속되는 7월 초. 벨은 게라르디 부인과 여행을 떠난다. 그들은 이곳저곳을 거쳐 산속 깊은 곳으로 들어갔다. 들어갈수록 공기는 시원해지고 초록은 짙어졌다. 마침내 잘츠부르크에서 도착했고 그곳에 머물면서, 할라인 암염광산의 지하 갤러리를 둘러 보았다.

그때 그 유명한 스탕달의 《연애론》에 나오는 '결정작용'을 경험하게 된다. 게라르디 부인은 그곳의 광부에게 이미 죽었지만, 그 때문에 수천 조각의 크리스털로 뒤덮인 나뭇가지 하나를 선물 받았다. 그 나뭇가지에서 반짝이는 결정체는 아름답게 빛났고 눈부셨다. 하찮은 마른 나뭇가지를 아름다운 예술작품으로 만드는 '결정작용'을 벨은 사랑의 알레고리처럼 느꼈다. 마침 잘츠부르크에서 알게 된 바이에른 한 장교가 게라르디 부인을 좋아하게 되었는데, (막상 함께 여행을 다니는) 저자(스탕달)는 발견해내지 못하는 어떤 미덕을 젊은 장교는 게라르디 부인에게서 발견했다.

> 그(젊은 장교)의 말은, 그가 사랑하기 시작한 여자와는 차츰 '닮지 않은 모습'을 그려나갔다. (…) 이를테면 그는 게라르디 부인의 손을 칭찬하고 있었는데, 그러나 그 손에는 어린 시절 유독 심한 천연두를 앓아 그 자국이 꽤 뚜렷하게 갈색으로 남아 있었던 것이다. '이와 같은 일을 어떻게 설명하면 좋을까? 나의 생각을 좀더 분명히 하는 무언가 좋은 비유는 없을까?' 하고 나는 중얼거렸다.
> 이때 게라르디 부인은 갱부에게서 선물 받은 흔들리는 다이아몬드로 덮인 아름다운 예의 작은 나뭇가지를 만지작거리고 있었다. 8월 3일, 맑게 갠 날이었다. 작은 소금의 프리즘은 실내가 환한 무도회장에서 빛나는 가장 아름다운 다이아몬드와 마찬가지로 반짝이고 있었다. (…) 나는 부인에게 말했다. "당신과 같이 이탈리아풍의 고귀한 얼굴이나 눈을 이 젊은이는 분명 처음으로 보았을 것이고, 그것은 당

신이 지금 갖고 계신 마음에 든 자작나무의 작은 가지에 결정작용을 미친 효과와 바로 똑같은 효과를 저 사람에게 주었던 것입니다. 겨울이 되어 잎이 떨어졌을 때 그 나뭇가지는 아마 조금도 아름답지 않았을 것입니다. 그러나 소금의 결정이 이 거무스름한 작은 가지를 그렇듯 반짝이는 많은 다이아몬드로 덮어버렸기 때문에 본래의 작은 나뭇가지는 거의 보이지 않는 것이지요."

"과연 그렇군요. 그래서 결론은 어떻게 되지요?"라고 게라르디 부인은 말했다.

"즉, 작은 나뭇가지는 저 젊은 장교의 상상력이 그려낸 바로 당신이라는 것입니다."

— 스탕달, 《연애론》, 홍신문화사, pp.322-323

젊은 장교가 게라르디 부인을 아름답게 생각하는 것과 죽은 나뭇가지에서 반짝이는 소금 결정을 아름답게 보는 것은 같은 의미 작용이다. 그것을 스탕달은 '결정작용'이라고 이야기하는데, 흔히 우리가 말하는 '콩깍지가 씌이다'라는 말과 크게 다르지 않다. 젊은 장교가 천연두로 인해 갈색으로 얼룩진 게라르디 부인의 손마저 아름답다고 예찬하는 것, 그것이 단지 거짓말이거나 사랑에 눈이 멀어 안 보이는 것만은 아닐 것이다. 사실 사랑하는 사람은 현미경으로 보듯이 사랑하는 사람을 더욱 섬세하게 보고 있다. 영국의 철학자이자 케임브리지 대학교수인 사이먼 블랙번은 이렇게 말한다.

사랑에 빠진 사람이 정말 눈이 머는 것은 아니다. 다만 피부와 점 하나까지 놓치지 않고 피하지방까지 꿰뚫어볼 정도로 상태를 실눈 뜨고 바라본다. 기묘한 것은 조금도 어색해하지 않고 오히려 황홀하게 여긴다는 점이다.

– 에바 일루즈, 《사랑은 왜 아픈가》, 돌베개, p.218

그러니까 사랑하는 사람의 '배둘레햄'을 기근을 대비해 축적해 놓은 애교스러운 비상식량이라고 생각하거나, 사랑하는 사람의 기미와 주근깨를 밤하늘에 총총 걸린 별처럼 아름답게 느낀다는 의미이다.

수학적으로 아름답지 못한 그녀를 우리가 아름답다고 느낄 수 있는 것은 '젊은 장교의 상상력이 그려낸 바로 당신'이라는 스탕달의 말처럼, 우리의 사랑은 '상상력'에 기대어 있기 때문이다. 무엇인가 새로이 상상한다는 것은 어떤 모자람, 결핍, 완전하지 못한 것에서 나온다. 완벽한 조화나 비례, 이데올로기에서는 어떤 상상이 생겨날 여지가 없다. 다행히 우리는 대개 완벽하지 못하다. 그래서 우리는 서로에게 상상을 품을 수 있다.

그렇다. 우리의 사랑은 어긋난 틈, 상처처럼 벌어진 어떤 틈을 통해서 생겨난다. 나의 틈에 당신이 깃들고 당신의 틈에 내가 깃들면서, 우리는 사랑한다고 느낀다. 당신의 벌어진 틈에서 시작된 나의 사랑은 오류고, 나의 갈라진 틈에서 시작된 당신의 사랑 역시 오류다. 오류가 오류를 알아볼 때, 우리의 상상으로 사랑은 시작된다.

아메데오 모딜리아니, 젊은 여인의 초상, 1915

수학적 완결성이 없는 그녀. 검고 큰 눈, 긴 코, 작고 붉은 입술. 살짝 든 고개와 표정

은 슬퍼 보인다. 그녀는 누구에게 말을 거는 것 같다. 어떤 말일까. 그녀는 누구일까.

이 그림은 그녀를 상상하게 한다. 하지만 수학적인 완결성과 과학적인 엄밀성이 지

배하는 곳에는 상상력이 끼어들 틈이 없다. 상상할 수 있는 그녀, 그런 당신이 가장

아름다운 것이 아닐까.

사랑의 주문
─ 겨울과 봄 사이, 그리고 기적

· · · · ·

[
사랑할 수 있다는 것은
모든 것을 할 수 있다는 것

─안톤 체호프
]

겨울이 되면 생각나는 영화가 있다. 펑펑 쏟아지는 눈, 홋카이도의 하얀 세상, 일본 북알프스의 깊은 설산들. 그리고 바람, 차가운 공기, 입김, 도서관, 쌓인 책들, 따스한 방과 노란 조명, 포근한 담요들. 영화 〈러브레터〉는 '지금' 겨울을 살고 있는 사람에게조차 겨울을 동경하게 만드는 힘이 있다. 마찬가지 의미에서 해마다 봄이 되면 생각나는 영화가 있다. 영화의 주제곡 'April front'의 느린 피아노 선율과 단조로운 멜로디가 푸릇한 풍경을 감싸고 있는 영화. 잊혔던 옛사람을 떠올리게 하는 영화. 한 시간 남짓의 짧은 영화, 이와이슌지 감독의 〈4월 이야기〉는 긴 여운을 남긴다.

눈이 사람 키보다 더 높이 쌓이는 홋카이도. 그곳에서 온 우즈키(마츠 다카코). 아직 두꺼운 겨울 니트를 벗지 못하는 그녀는 모든 것이 낯설다. 도쿄도, 벌써 따뜻해진 날씨도, 자취방도, 거리도, 대학도, 그리고 벚꽃도. 일본의 가장 먼 곳, 가장 춥고 깊은 곳에서 온 그녀에게 대학 친구들은 으레 그렇듯 호기심을 보이지만, 막상 그녀는 무엇을 해야 할지 모른다. 그저 아무 생각 없이 동호회에 들어가서 낚싯대나 던질 뿐. 그런 그녀가 언제나 기웃거리는 곳은 한 서점. 그곳에는 그녀가 짝사랑하는 고등학교 선배 야마자키(타나베 세이이치)가 아르바이트를 하고 있기 때문이다.

〈러브레터〉와 마찬가지로 〈4월 이야기〉에서도 책들이 가득 쌓인 공간과 어떤 인연이 담긴 책은 중요한 역할을 한다. 〈러브레터〉에서 어린 시절의 학교 도서관, 후지이 이츠키(나카야마 미호)가 근무하는 도서관, 프루스트의 소설《잃어버린 시간을 찾아서》가 '잃어버린 시간과 사랑을 찾게'하는 중요한 모티브가 되었듯, 〈4월 이야기〉에서도 책이 가득한 서점과 일본 근대 작가 구니키다 돗포의 소설《무사시노》역시 그녀와 선배의 사랑을 연결하는 중요한 모티브가 된다.

무사시노는 도쿄 중서부에서 사이타마 현에 걸쳐 숲으로 가득 찬 들판이다. 옛날 무사시노는 끝없는 억새밭 풍경으로 절정의 미를 뽐냈다고 하는데, 지금은 울창한 숲으로 이루어져 있다고 한다. 돗포는 아름다운 무사시노를 그렸고, 그 소설을 우즈키는 읽었다. 책이 이해하기 어려워도, 도쿄로 올라오는 기차에서 읽고 또 읽었다. 무사시노는 그녀가 짝사랑하는 선배가 일하는 곳이자, 대학을 다니는 곳이며, 숨 쉬며 사는 곳이니까. 지금 그가 살고 있는 도쿄 무사시노, 그가 다니는 대학 무사시노 대학, 그가 일하는 무사시노도 서점, 그녀가 읽는 책 무사시노. 무사시노, 무사시노, 무사시노.

이와이 슌지, 〈4월 이야기〉, 1998

책이 어려워도, 아무 의미를 알지 못해도, 그에 대한 사랑으로 읽은 무사시노. 그가 사는 곳. 그가 다니는 곳. 그가 일하는 곳. 무사시노, 무사시노, 무사시노. 기적을 가져오는, 간절한 사랑의 주문. 간절한 소망을 담은 주문을 우리는 아직 한두 가지 간직하고 있을까. 사랑의 기적은 어떻게 가능한 것일까. 간절함 때문일까. 혹시 사랑 안에 기적을 만드는 어떤 힘이 있던 것은 아닐까. 그러니까 사랑의 기적이라고 믿었던 것은 사실 간절함이 만들어 낸 어떤 힘과 노력이 아니었을까. 간절함과 절박함을 만들어 내는 것, 그 신비로운 힘, 사랑.

〈러브레터〉는 추모제로 시작한다. 할아버지의 죽음, 남자친구의 죽음, 잠자리의 죽음 등, 죽음의 이미지로 〈러브레터〉가 '깊은 잠'을 그렸다면, 〈4월 이야기〉는 '깨어남'을 그렸다. 벚꽃이 흩날리는 봄날, 결혼식에 가는 신부의 등장으로 영화를 시작한다. 〈4월 이야기〉도 '지금' 봄을 맞이하고 있는 사람에게조차 봄을 동경하게 만드는 힘이 있다. 새 봄, 새 집, 새 가구, 새 학기, 새 학교, 새 친구, 새 거리. 이렇게 이 영화는 '시작'과 관련되어 있고 '깨어남'을 그렸다. 그리고 그 '깨어남'을 봄비로 재촉한다. 그들이 사랑을 시작할지 안 할지 그건 그렇게 중요하지 않다. 이미 봄비로 가득 적셔진 그녀의 마음엔 이미 사랑의 기적이 시작되었으니까.

아마 우즈키의 기적은 주문만 외워서는 실현되지 않았을 것이다. 그 기적은 어떤 모험을 향한 간절한 시도였고 노력이었을 것이다. 그 모험과 간절한 노력을 가능하게 했던 것이 바로 사랑이었다. 그러니까 모든 것을 송두리째 바꾸어버리는 힘, 자신의 생각과 행동, 그리고 삶의 태도를 변화하게 하는 힘, 그것이 그녀가 가진 사랑의 힘이었다. 사랑이 기적을 만들어 낸다는 것은 그런 의미일 것이다. 사랑이 불가능해 보이는 어떤 모험과 노력을 시도하게 한다는 의미 말이다. 그 사람과 만나기 위해, 그 사람을 사랑하기 위해, 우리가 하지 못할 일은 많지 않다. 그것이 단지 밤새도록 그를 생각하거나, 한 시간 남짓 그녀를 보기 위해 서울에서 부산까지 차를 몰고 가는 일만을 의미하는 것은 아니다.

심지어 우리는 시련을 받아들일 수조차 있으며, 이를 위해 고통을 감내해낼 수도 있게 됩니다. (…) 따라서 사랑은 하나의 강력한 힘으로 우리에게 남겨집니다. 사랑은 주관적인 어떤 힘입니다.

– 알랭 바디우, 《사랑 예찬》, 도서출판 길, p.27, 59

사랑은 시련도 고통도 감내하는 힘이다. 사랑은 변화를 위한 능동적인 감정이고 활동이다. 기존의 내 습관과 삶의 태도로부터 나를 멀게 하고 고정된 내 프레임을 허물게 한다. 그리하여 새로운 시선과 삶의 태도를 선사하는 신비로운 힘이 사랑이다. 지금까지의 나를 무너뜨리고 다시 나를 일으켜 세우는 일. 그래서 불가능해 보이기나 힘들이 보였던 일을 가능하게 하는 것, 만약 그것이 기적이라면, 사랑은 기적이다.

새로운 세상과 조우하는 일
- 당신이라는 미지의 세계로 떠나는 여행

. . . .
. . . .
. . . .

> 여행을 통해 아무것도 얻지 못했던
> 사람이 있었다는 말에 소크라테스는,
> 아마도 그는 자기 자신을
> 짊어지고 갔다 온 모양일세라고 말했다.
>
> ─미셸 드 몽테뉴

동서고금을 막론하고 연인들이 사랑하는 사태를 '사랑에 빠진다'고 표현하는 이유는 무엇일까. 그것은 아마 사랑은 (특히 사랑을 시작하는 처음에는) '수동성'이 강하게 작용하기 때문일 것이다. 어느 날 자고 일어나서 문득 (관심 없던) 그녀를 사랑하기로 마음먹는다고 사랑하는 것은 아니다. 변비로 고생하던 어느 날 화장실에서 (미친 듯이 사랑하는) 그를 사랑하지 않기로 결심한다고 사랑하지 않는 것은 아니다. 그렇게 마음먹자고 다짐할 수는 있지만, 그것이 마음먹은 대로 되는 일은 아니다. 그러니까 사랑이라는 사태는 능동적으로 조절하거나 통제 가능한 것이 아니다. 외부에서 주어진, 마치 어떤 질병처럼 우리에게 다가온다. 그래서 사랑이라는 사태는 애초에 수동적인 무엇이다.

왕가위의 영화 〈중경삼림〉에서 경찰 223(금성무)은 패스트푸드점에서 헤어진 옛 애인을 기다린다. 자신의 생일이자 옛 애인과 헤어진 지 딱 한 달이 되는, 5월 1일이 유통기한인 파인애플 통조림을 사 모으는 그. 한 달 동안 그녀에게 연락이 오지 않으면 그녀를 잊기로 마음먹는 일이나, 술집으로 처음 들어오는 여자를 사랑하겠다고 마음먹는 일은 역설적으로 사랑은 그렇게 다짐한 대로 하기 어려운 일이라는 것을 보여준다.

흐르는 강물에 떠밀려 내려가는 사람처럼, 사랑에 빠진 자는 허우적거린다. 허우적거림은 사랑의 몸짓이다. 의도대로 떠밀려 가는 것이 아니듯 의도대로 벗어날 수 없는 사랑의 매혹에서 나는 당신의 세계를 경험한다. 그 세계는 내가 살던 세계와 다르다. 낯선 여행지처럼, 당신이

본 것과 당신이 말하는 것과 당신이 맛본 것들을 아직 나는 체험하지 못했고 감각하지 못했다. 당신을 만나면서 비로소 그것을 경험한다. 그리고 그것들의 의미를 알아가기 시작한다. 사랑은 내가 살던 세계가 아닌 다른 세계에 눈을 뜨게 하는 일이다. 사람이 동일한 물리적 시공간에서 산다고 모두가 같은 세계에서 사는 것은 아니다. 세상을 사는 일은 자신이 감각하고 경험하는 일의 총합이다. 자신이 (직접이든 간접이든) 경험하지 못한 세계는, 그리고 감각하지 못한 세계는, 그런 의미에서 아직 내가 만나/살아보지 못한 세계다.

사랑한다는 것은 그녀를 만남으로써 내가 살아보지 못한 다른 세상을 만난다는 것과 다르지 않다. 그녀가 그토록 좋아하는 바흐에 대해 아는(경험하는) 것은 감각적으로, 인식적으로 다른 세상에서 사는 일이다. 그녀가 믿는 신을 내가 믿는 일도 완전히 다른 세상을 사는 일이며 그가 활동하는 구호단체에 내가 함께 참여하는 것도 다른 세상을 경험하는 일이다. 그가 그토록 좋아하는 스킨스쿠버를 경험하는 일은 감각적/인식적으로는 물론이고 물리적으로도 다른 세상을 사는 일이다.

사랑에 빠지는 것은 다른 세상에 빠지는 일이다. 그를 사랑하기에 그의 눈으로 세상을 본다. 그의 손으로 사물을 만져본다. 그의 귀로 음악을 들어본다. 물론 나는 그가 될 수 없다. 단지 사랑하기 때문에 그가 좋아하고 경험하는 것들을 나도 감각하고 경험하고 싶은 것일 뿐. 하지만 내가 그가 될 수 없을지라도, 여전히 그와 내가 다른 존재일지라도 그의 세상에 빠지는 일이 전혀 의미 없는 일은 아닐 것이다. 왜냐하면 나는 그가 될 수 없을지라도 나 자신이 조금씩 변해가기 때문이다. 내가 머물며 맴돌던 익숙한 세상에서 조금씩 물러나, 혹은 나아가 다른 세상을 조우하기 때문이다. 사랑은 이렇게 내가 살던 세상에서 나를 벗어나게 한다. 다른 세상을 경험하게 하고 감각하게 한다. 만약 누군가를 만났지만 내 세상과 다르지 않은 익숙한 세상에서 여전히 살고 있다면, 우리는 진정 사랑에 빠진 것이 아닌지도 모른다.

> 길 위로 나서게 되면, 유목민은 그로 하여금 길 위에 서고 싶은 충동을 불러일으키고 마치 세상을 이국적인 과일처럼 보이게 만드는 어떤 강력한 함에 자기도 모르게 굴복하고 만다.
> 첫 번째 발자국을 내딛는 순간에 그는 자신의 운명을 깨닫게 된다. 비포장도로나 오솔길 위에서, 대초원과 사막 한복판에서, 대도시의 거리나 적막한 대초원에서, 깊은 파도 위에서나 보이지 않는 기류가 흐르고 있는 대기 속에서 그는 자신의 그늘진 부분과의 만남을 피할 수 없다는 사실을 알게 된다. 그에게는 선택권이 없다.
> – 미셸 옹프레, 《철학자의 여행법》, 세상의모든길들, pp.18-19

당신이라는 세상으로 여행을 떠나면 나에게는 선택권이 없다. 나는 당신의 세상에 굴복당한다. 그런데 만약 당신과 헤어지면 그토록 매혹적이던 당신의 세상은 단지 사라지는 것일까. 우리는 사랑하는 사람과 헤어지면 그의 흔적을 지우려고 한다. 만약 그와 함께 살았다면 지워야 할 흔적과 사물은 더 많아질 테다. 그의 흔적이 아무리 많다 해도 우리는 그의 흔적을 애써 정리하고 치운다. 그래야 그를 잊고 새로운 시작을 할 수 있을 것 같으니까. 그래서 일부러 그가 좋아했던 것이나 즐겼던 것들과 거리를 둔다. 그가 좋아하던 바흐는 이제 듣고 싶지 않다(고 생각한다). 그가 좋아하던 러시아 문학 따위는 관심도 없다(고 생각한다). 그와 자주 갔던 미술관은 더 이상 가지 않을 것이다(라고 생각한다). 그러나 사랑이라는 사태에 빠지는 일이 그렇듯이 사랑이라는 사태에서 빠져나오는 것 또한 의지대로 되는 일이 아니다. 그녀와 함께했던 세상에서 나는 완전히 자유롭지 않다.

　하지만 떠난 것은(혹은 떠나보낸 것은) 사랑했던 사람이다. 그녀가 내게 남겨 놓고 간 세상까지 떠나보낼 필요는 없다. 그녀가 떠났어도, 남겨진 세상은 나를 바꾼 내 세상이기 때문이다. 그 세상은 이제 내 삶의 일부이다. 내 감각과 경험에, 말하자면 내 신체에 파고들어 내 일부가 된 그의 세계는 어느 부족의 문신처럼 이미 되돌릴 수 없다. 그렇게 '내가 된' 당신의 세계는 이미 나의 세계다. 그래서 언젠가 당신과 당신의 사랑은 잊을지 몰라도, 또 분명히 잊을 테지만, 나는 여전히 바흐를 좋아하고 러시아 문학을 좋아하고 미술관을 갈 것이다. 그렇게 내가 된 당신의 세계를 쉽게 떠나기보다, 아직 모두 가보지 못한 세계를 계속 여행할 것이다.

왕가위, 《중경삼림》, 1994

패스트푸드점에서 일하는 점원 페이(왕정문)가 경찰 663(양조위) 방에 몰래 들어가서 청소를 하고 인형을 가져다 놓는 일은 단지 그와 사귀던 여인의 흔적을 지우는 것만이 아니다. 그것은 그와 다른 사람이 만든 세계를 지우고 자신의 세계를 새롭게 만드는 것을 의미한다. 그렇게 해서 떠나간 사랑을 잊을 수만 있다면, 새로운 사랑을 시작할 수만 있다면 우리는 그녀처럼 옛 사랑/사람을 지우려 할지도 모른다.

그러니까, 사랑은 새로운 세상과 조우하는 일이다. 진정한 사랑은, 내 삶을 떠나 당신이라는 미지의 세계로 떠나는 여행. 나는 이 여행을 위해 배낭을 꾸리고 캐리어를 끌고 나선다. 이 여행이 실패할지 성공할지 그건 알 수 없다. 다만, 나는 떠날 뿐이고 지금 내 곁에는 당신이 있다.

이해, 이야기, 그리고 사랑
- 하나의 문장을, 하나의 이야기를 만드는 일

．
．
．
．

> 내가 이해하는 모든 것은
> 오로지 내가 사랑한다는 이유 때문에 이해하는 것이다.
>
> ─레프 톨스토이

어떻게 한 날, 한 시, 한 이야기에 사람들은 그토록 집중하고 열광할 수 있을까. 인기 좋은 어떤 드라마는 거리의 사람마저 거의 실종시킬 만큼, 강력한 힘으로 사람들을 모니터 앞에 가둔다. 어떻게 그런 일이 가능할까. 이야기가 뭐라고. 진짜 있었던 일도 아니고 누군가의 상상에서 나온 허구의 이야기가 도대체 뭐라고. 왜 사람들은 숨죽이고 그 인물에 대해 그 사건에 대해 그토록 이야기하는 것일까. 신기하고 놀라운 일이다. 그것을 단지 대중문화에 현혹된 대중이라고 이야기할 수만은 없다. 그것이 어떤 이야기였든 이야기의 '어떤 힘'이 작용하고 있는 것이니 말이다.

터무니없단 걸 알면서도, 또 번번이 저항하면서도, 우리는 이해라는
단어의 모서리에 가까스로 매달려 살 수밖에 없는 존재라는 생각이
들었다. 그런데 어쩌자고 인간은 이렇게 이해를 바라는 존재로 태어
나버리게 된 걸까? 그리고 왜 그토록 자기가 느낀 무언가를 전하려
애쓰는 걸까?

— 김애란, 《두근두근 내 인생》, 창비, p.182

이야기는 나와 남을, 그리고 삶을 이해하는 한 방식이다. 우리에게
는 무엇인가를 이해하고 싶은 마음과 이해받고 싶은 마음이 동시에 있
다. 무엇인가를, 누군가를 이해하기 위해 타인의 이야기를 내 이야기치
럼 듣고 본다. 또 내가 이해되기 바라는 마음으로 누군가에게 이야기한
다. 그러니까 이야기란 이해하고 싶은 마음과 이해받고 싶은 마음이 모
인 어떤 것이다. 이해하거나 이해받을 필요도 없는데 어떤 일에 대해 구
구절절 이야기를 늘어놓을 필요는 없을 테니 말이다.

이해하고 싶어서 이해받고 싶어서, 우리는 책을 읽고 음악을 듣고
영화를 본다. 하지만 내 이해와 당신의 이해를 우리는 말로 다 채우지 못
하고 말로 다 번역하지 못한다. 그래서 우리는 함께 책을 읽고 음악을 듣
고 영화를 보며 이해에 가 닿으려고 한다. 때론 반지나 구두로도 이해하
고 이해받으려 한다. 그것들로도 온전히 이해하지 못할 때, 우리는 이야
기를 만든다. 이해하기 위해 이야기를 하는 것이라면, 그리고 이해하는
것이 사랑이라면, 이야기는 사랑이다. 결국 사랑은 하나의 이야기를 만

드는 일이다. 다음은 이야기를 만드는 한 소년의 이야기다.

김애란의 소설 《두근두근 내 인생》의 주인공 한아름. 조로증으로 3살 무렵부터 늙어버린 17살 사내아이. 여든의 몸이 되어가는 소년은 '더 큰 기적은 항상 보통 속에 존재한다'고 믿는다. 그리고 '보통의 삶을 살다 보통의 나이에 죽는 것이 기적'이라 생각하는 아이다. 태어나서 한 번도 젊은 적이 없었던 아이가 할 수 있는 일이라고는 집과 병원에서 책을 읽거나 글을 쓰는 일. 그래서 자신의 외모만큼 부쩍 성숙한 사고를 하는 아이. 소년은 성금 모금 티브이 프로그램에 출연한 일을 계기로 어떤 소녀에게 메일을 받는다. 소년과 소녀가 주고받은 편지는 슬프지만 아름다운 이야기였다. 아니, 아름다워서 차라리 슬픈 이야기였다. 그것은 소년이 가족 외에 또래의 타인과 나눈 최초의 이야기였다. 사는 것에 어떤 의미가 있는지 모르겠지만, 그리고 이제 더 살 수도 없는데, 소년은 소녀를 이해하고 싶고 소녀에게 이해받고 싶었다.

가슴 뛰는 날들이 이어졌다. 내가 말하고, 그 애가 답하고, 다시 그애가 말하면 내가 답하는, 한 줄의 문장으로 하루를 버틸 수 있고, 한 번의 호흡으로도 가슴이 벅차오르는 하루. 딱히 뭐라 이름 부를 수 있는 사이는 아니라도, 그저 얘기를 나눌 친구가 있다는 게 좋았다. (…) 모든 것이 의미있고, 중요해지는 날들이었다. 그애가 하는 얘기, 그애가 쓰는 단어, 그애가 보낸 노래, 그애가 가른 여백, 그런 것이 전부

암시가 됐다. 나는 이 세계의 주석가가 되고, 번역가가 되고, 해석자가 되어 있었다.

― 김애란, 《두근두근 내 인생》, 창비, pp.232-233

이야기 속에서 소년은 최초의 사랑과 마주쳤다. 그래서 소년은 누군가를 좋아하게 된 탓에 너무 힘든 세상마저 덩달아 좋아져 버렸다. 그런데 알고 보니 그 편지를 보낸 건, 단지 '이야기 거리'를 찾아내기 위해 거짓말을 한, 시나리오를 쓴다는 36살의 아저씨였던 것. 그 사실을 알고 낙담에 빠진 소년은, 어느 날 사과하기 위해 몰래 찾아온 그 아저씨에게 (그 소녀의 이름인) '서하니?'라고 묻는다. 그가 서하가 아니라는 것을, 그가 이야기를 꾸며낸 장본인이라는 것쯤은 다 알고 있으면서, 그래서 실망하고 분노했으면서, 소년은 보이지 않는 눈으로 그에게, 아니 서하에게 말한다.

전부터 꼭 하고 싶은 말이 있었는데, 이렇게 만나게 돼 다행이야. (…) 그래도 한 번쯤은 네게 이 얘기를 전하고 싶었어. 우린 한 번도 만난 적이 없지? 직접 목소리를 들은 적도 없고, 얼굴을 마주한 적도 없고, 어쩌면 앞으로도 영영 만날 수 없을 테지? 하지만 너와 나눈 편지 속에서, 네가 하는 말과 내가 했던 얘기 속에서, 나는 너를 봤어. (…) 그리고 내가 너를 볼 수 있게, 그 자리에 있어주었던 것, 고마워.

― 김애란, 《두근두근 내 인생》, 창비, pp.308-309

1부
처음, 사랑

소년에게 온 편지는 정말 가짜이기만 한 편지일까. 정말 거짓이기만 한 이야기일까. 아니, 소년에게 진짜 혹은 가짜가 의미가 있기는 한 것일까. 만약 의미가 있다면, 그것은 그 편지 속에서, 그 이야기 속에서 소년은 최초이자 마지막 사랑을 했다는 것이 아닐까. 이제 곧 세상을 떠나야 하는, 떠나는 이 세상마저 좋아져 버리게 만든 그 사건, 그 사태, 그 이야기. 그 이야기는 타인을 이해하고 싶다는, 또 타인에게 이해받고 싶다는 최초의 사랑이었던 것이다. 결국 이야기 속에서 소년과 소녀의 사랑은 정말로 존재했다. 허구다, 가짜다, 진짜다, 진실이다가 중요한 게 아니다. 모든 것이 다 가짜라 하더라도 소년에게 '그 사랑'만큼은 '그 감정'만큼은 진짜였던 것. 이제 소년은 보이지 않는 소녀를 보았다. 이 기적 같은 일이 이야기를 통해 가능했다. 소년이 결국 세상을 떠나면서 부모님에게 남긴 마지막 선물도 공들여 쓴 엄마와 아빠의 아름다운 '이야기'였다. 그것은 소년 자신의 기원이 담긴 이야기로, 세상을 떠나는 자신에게 주는 선물이기도 하다.

프란츠 아이블, 독서하는 소녀, 1850

이해하고 이해받는 일은 이야기하는 일의 다른 이름이다. 그리고 이야기는 사랑의 다른 이름이다. 혹은 사랑이 이야기의 다른 이름이라고 해도 무방하다. 우리가 이야기의 매혹에 빠지는 것은, 그리고 사랑의 매혹에 빠지는 것은 사실 이해하고 이해받고 싶어서다. 그리고 끝내, 끝나지 않는 이야기로 그렇게 사랑하고 싶어서다.

(온전히 이해하지 못할지라도) 이해하거나 이해받으려는 태도는 어쩌면 사랑의 전부일지 모른다. 사랑하는 사람에게 온 단 한 문장. 아침에 온 한 문장으로 우리는 하루가 신비롭게 행복하고, 한 문장으로 어떤 슬픔도 버틴다. 한 문장으로 아무리 피곤해도 잠 못 이루고, 한 문장으로 다른 어떤 슬픔보다 더 슬퍼한다. 한 문장 안에 담긴 그를 이해하고 싶고, 한 문장 안에 담긴 나를 이해해주기 바란다. 작게 쓰인 노란 숫자 1이 지워지지 않는 휴대폰을 보는 일이 힘든 이유는, 그에게 내가 보낸 문장이 이해받지 못할지도 모른다는 두려움 때문이다. 문장을 보내는 일은 내 마음대로 할 수 있는 일이지만, 그 문장을 이해받는 일은 마음대로 할 수 없는 일이니 말이다. 이미 내 손을 떠난 문장, 다시 회수할 수 없는 문장, 이해되거나 이해받지 못한 문장은 마치 버려진 아이처럼 우두커니 작은 여백에 놓여 있을 뿐이다. 그러면서도 오랫동안 기다린, 수신을 포기했던 그의 이해가 문득 문장이 되어 내게 도착했을 때, 가슴이 멈칫하다. 하지만 그에게도 작은 숫자 1을 남기고 싶어, 그의 문장 앞머리를 오랫동안 쳐다보고 잠시 덮어둔다. 그리고 이해를 미룬다. 이해하고 싶지만 그가 나를 이해하는 만큼만 그를 이해하기 위해 이해를 참는다. 나도

당신만큼 조급하지 않다는 것을, 그리하여 나도 당신만큼 여유가 있다는 것을 시위하며, 이 짧은 시간을 버틴다. 하지만 얼마 가지 못한다. 허겁지겁 그가 보내온 문장을 어느새 읽고 또 읽는다. 나는 단지 그를 이해하고 싶다. 그에게 이해받고 싶다. 그리고 그 이해를 통해 이야기를 하고 사랑하고 싶다.

그러니까 내가 이야기를 만드는 것은 당신을 사랑하기 위해서고, 당신을 사랑하는 것은 이야기하기 위해서다. 만약 우리의 이야기가 끝나면, 그즈음 우리의 사랑도 끝날 것이다. 그래서 어쩌면 나는 종내 끝나지 않을 이야기를 자꾸 만들어 내는지도 모른다. 모든 이야기는 하나의 문장에서 시작된다. 그래서 나는 끝나지 않는 이야기를 만들기 위해, 용기를 내어 쓴다. 푸른빛을 발하는 휴대폰의 여백에 짧은 문장을 쓴다. 작은 숫자 1이 사라지기를 기다리면서, 이제 시작되는 당신과 나의 이야기를 상상하면서.

지금, 사랑하는 법
– 시간도 공간도 거리도 없는, 지금

. . . . .

[
함께 체험하고,
함께 감동하며,
울고 웃으면서
같은 시간을 살아가는 건
너무도 근사한 일이다.
]

– 프리드리히 니체, 《니체와 걷다》, 케미스토리, p.41

손에 잡힐 듯 가까워 보이는 달이지만, 달까지는 항공기를 타고 18일이 걸린다. 태양은 대략 23년이 걸린다. 빛의 속도로 달려가면 태양은 8분이 걸리고 달은 1초가 걸린다. 내가 보는 태양은 8분 전의 태양이었고 달은 1초 전의 그것이었다. 빛의 속도는 빠르지만 모든 시간과 공간의 거리를 무시하고 가로지르는 물체는 아니다. 빛의 속도는 초속 30만 킬로미터이다. 빛이 3미터를 움직이는 데 걸리는 시간은 (칼 세이건의 계산에 따르면) 3미터 나누기 초속 3×10^{-8}미터이기 때문에 10^{-8}초가 된다. 가늠하기 힘든 시간/순간이지만, 빛에도 속도는 있다. 칼 세이건은 자신의 저서 《코스모스》에서, 3미터 정도 떨어진 곳에 앉아 있는 친구를 보는 것은 사실 '지금' 모습이 아닌 1억분의 1초, 즉 100분의 1마이크로초 전의

'과거'를 보는 것이라고 이야기한다.

빛이 전혀 없는 어둠에서 우리는 아무것도 보지 못한다. 우리가 무엇을 보고 있다는 것은 결국 빛을 보는 것이다. 더 정확히는 우리는 언제나 빛에 반사된 무엇을 보고 있다. 내가 그녀의 얼굴을 보고 있는 것은 빛에 반사된 그녀를 보고 있는 셈인데, 반사된 그녀의 모습은 과거의 그녀이다. 내가 보는 그녀와 빛에 반사된 그녀는 거의 동시적이지만, 완벽한 동시, 엄밀한 의미에서 현재의 그녀는 아니다. 그래서 나는 그녀의 과거만 본다. 그녀 역시 나의 과거만 본다. 세상 모든 것을 본다는 것은 결국 과거를 만나는 한 방식이다. 누군가를 사랑한다면, 바라보는 것만으로는 '지금' 이 순간에 사랑하지 못하는 것일 수 있다. 누군가를 짝사랑하며 그를 바라보고 있는 사람은 (더군다나 먼 거리를 두고 바라만 보고 있는 사람은) 과거에 묻혀 사는 슬픈 존재일지도 모른다. 과거라는 유형지에 유배된 존재. 홀로 누군가를 좋아하는 사람은 그래서 수인(囚人), 혹은 위리안치(圍籬安置) 당한 자.

우주는 대부분 텅 비어 있고 끝없는 '밤'으로 채워진 공간이다. 이 우주에는 은하가 대략 1000억 개 있고 각각의 은하에는 저마다 평균 1000억 개의 별이 있고, 그 별의 수만큼 행성들이 있을 것이라고 칼 세이건은 이야기한다. 그 우주, 코스모스의 어느 한구석을 무작위로 찍을 때, 그곳이 우리가 사는 지구와 같은 행성 근처일 확률은 10^{-33}이라고 한다. 10^{33}이라는 숫자는 1다음에 0이 33개나 붙는, 그러니까 1,000,000,000,00

0,000,000,000,000,000,000,000이고 10^{-33}의 확률이란 결국 10^{33}번 시도해야 한 번 정도 기대할 수 있는 확률이라는 의미다. 그 확률에 운 좋게 걸려도 다시 70억 분의 1의 확률에 걸려야 당신을 만나게 된다. 거기에 인류가 생겨나 흐른 시간까지의 경우의 수를 더한다면, 이 광막한 공간과 영겁의 시간 속에서 당신을 만나 삶을 공유하고 사랑하는 일은 거의 불가능한, 하지만 이미 실현된 기적에 가까운 일이다.

'공간의 광막함과 기간의 영겁에서 행성 하나의 찰나와 순간을 사랑하는 사람과 공유하는 것은 하나의 기쁨이었다'는《코스모스》의 유명한 헌사가 과장된 낭만적 언사로만 들리지는 않는 이유는, 삶은 이미 기적과도 같은 우주적 사건이라는 깨달음 때문일 것이다. 그런 우주적 사건을 포기할 수 없어서 칼레의 차가운 바다를 건넌 한 청년이 있다. 영화〈웰컴〉의 주인공 17살 청년, 비랄(피랫 아이베르디). 불법체류자인 그는 영국에 있는 여자친구를 만나기 위해 4,000km를 걸어 프랑스에 왔다. 청년은 영국으로 밀항을 시도했지만 실패했다. 이제 그에게 남은 것은 자신의 몸으로 35.4km 도버해협을 건너는 방법밖에 없었다. 하지만 걷는 일과 달리 수영은 제대로 배워야 가능한 일. 그래서 비랄은 수영을 배우기 위해 전직 국가대표 출신 수영강사 시몬(뱅상 랭동)을 찾아갔다. 아내와 별거 중이던 시몬은 불법체류자를 돕는 사회운동가인 아내의 환심을 사기 위해, 쿠르드 청년 비랄에게 수영을 가르쳐 주었다.

하지만 정말 가능한 일일까. 아직 세상을 모르는 17살 소년에게 회

색빛 칼레의 바다는 차갑고 냉정한 벽이다. 시몬은 말렸지만 비랄은 포기하지 않았다. 시몬은 결국 진심으로 비랄을 응원했다. 하지만 비랄은 도버해협을 거의 다 건너간 지점에서 그만 영국 경찰에게 발각되고 말았다. 비랄은 그들을 피하기 위해 더 깊은 바다로 들어갔다. 그리고 그는 사랑하는 사람이 있는 땅에 다시 올라오지 못했다.

애초에 너무 무모하고 위험한 일이었을까. 그럴지도 몰랐다. 하지만 비랄에게 냉정한 잿빛 바다에 새겨진 35.4km라는 숫자는 어쩌면 그리 멀고 긴 숫자가 아니었을 것이다. 그는 알고 있었다. 10^{-33}의 확률 같은, 무한한 공간과 영겁의 시간 속에서 당신을 만난 일은 이미 큰 기적이었다는 것을. 그 사랑이 기적에 가까운 일이라는 것을 안 그가 그녀에게 가 닿기 위해 35.4km를 헤엄쳐 가는 일은 그렇게 무모한 일이 아니었다는 것을 말이다. 그러니까 애초에 그의 무모한 행동은 사실 무모한 행동이 아니었다.

사랑하는 사람과 '지금'을 살아가는 유일한 방법은 그의 살과 몸을 맞대고 느끼는 것일지 모른다. 잡고 있는 그녀의 손과 나의 손, 닿고 있는 그녀의 입술과 내 입술, 맞대어 있는 그녀의 살과 나의 살, 맞대어진 그곳엔 현재, 지금만 있을 뿐. 이 뻔하고 흔한 일이 가장 신비롭고 아름답게 느껴지는 이유는 당신의 살과 내 살 사이에 아무런 장애물도 거리도 없기 때문이다. 거리가 없다는 것은 공간도 시간도 존재하지 않는다는 의미이고 그것은 지금, 여기, 이 순간만 존재한다는 의미이기도 하다.

필립 리오네, 〈웰컴〉, 2009

청년 비랄은 알고 있었다. 여자친구를 만나고 사랑하는 일은 이미 기적이 가까운 일

이었다는 것을 말이다. 우리는 쉽게 잊고, 망각하는 그것을 그는 분명히 알고 있었다.

그렇기에, 칼레의 차가운 바다도, 그 바다에 새겨진 35.4km라는 거리도 그에게는 벽

이 아니었다. 사랑하는 사람을 만난다는 것이 어떤 의미인지 아는 그는 무모하게 모

험을 감행했다. 하지만 그는 알고 있었다. 무한한 시간과 공간에서 만난 당신에게, 포

기하지 않고 가 닿는 일이 꼭 무모한 일만은 아니라는 것을.

    35.4km를 헤엄쳐 당신을 만나지 않아도 되는 나는 당신을 곁에 두고도 가 닿지 못하던 것은 아니었는지. 고작 10m, 아니 눈앞에 당신을 두고도 나는 다가서지 못했던 것은 아니었는지. 당신을 포옹하는 것은 지금, 현재의 시간 속에서 사랑할 수 있는 가장 근원적이고 아름다운 방식이다. '지금 사랑하는 일'은, 거리도 시간도 공간도 아무것도 없는 여기에서 당신에게 온전히 가 닿는 것이다.

2부

이별

당신은 나의 관객
─ 사랑은 '둘의 무대'

. . . .

> 사랑은 개인인 두 사람의 단순한 만남이나 폐쇄된 관계가 아니라
> 무언가를 구축해 내는 것이고,
> 더 이상 하나의 관점이 아닌
> 둘의 관점에서 형성되는 하나의 삶이다.
> ─ 알랭 바디우, 《사랑예찬》, 도서출판 길, p.41

누구나 한두 번쯤 했던 실수가 있다. 사랑 중독의 금단 증상인 불안, 우울, 외로움, 공허함으로 힘들어할 때, 그 증상을 완화해 줄 적당한 대상이 마침 나타나서, 사랑 혹은 연애라는 가장된 연극을 하며 손쉬운 처방을 했던 일들 말이다. 주말 저녁에 혼자 다이어리나 끄적이는 일이 싫어서, 우선 자신의 환상과 공허한 감정을 채워줄 상대를, 또는 자신의 공허한 성적 충동을 채워줄 상대를 만나는 것이다. 물론 그러다가 '정'은 들었다. 하지만 만나면서 끊임없이 의문을 갖는다. 이 사람을 계속 만나야 할까. 심지어 내가 왜 이 사람을 만나고 있을까, 라는 의문.

그 사람이 좋아서가 아니라, 단지 자신의 공허함을 채우기 위한 만남은 쉽게 헤어진다. 그것은 헤어짐으로 인한 공허함에 또 다른 공허함

만을 추가한 셈이다. 그리고 더 커진 공허함에 더 빨리, 더 급히 다른 대상을 찾아 나선다. 공허는 점점 커지다가 우리는 어떤 결론에 이른다. 나는 왜 이럴까. 내게 문제가 있는 것은 아닐까. 그리고 자기 책망에 빠진다. 나는 정말 그를 사랑했던 걸까. 우리가 사랑하는 것은 정말 그/그녀였을까. 혹시 내 공허와 환상과 욕망을 채우기 위해 누군가가 필요했던 것은 아니었을까.

　　마크 웹 감독의 영화, 〈500일의 썸머〉의 주인공 톰(조셉 고든 레빗)은 썸머(쥬이 디샤넬)를 만난다. 엘리베이터에서 톰은 자신이 좋아하는 곡을 알아듣고 좋아하는 썸머를 보고 그녀에게 호감을 느낀다. 톰은 그녀를 어릴 적부터 꿈꾸어왔던 운명의 여인이라고 생각한다. 그렇게 시작된 그들의 관계. 하지만 그녀는 그와 '진지하게' 사귀고 싶지 않다. 부모님의 이혼 등으로 그녀는 '사랑'이라는 감정에 빠져들어 상처받는 것이 두려웠기 때문이다. 하지만 톰은 어떤 '규정' 없이 만나는 막연한 관계를 힘들어한다. 톰이 썸머에게 다가갈수록 썸머는 톰에게 멀어진다. 그리고 썸머는 말한다. 지금의 우리도 충분히 행복하지 않느냐고. 하지만 결국 그들은 헤어진다. 어느 날 썸머가 그만 만나자고 한 것이다. 톰은 이유를 알 수 없다. 그들 사이는 모든 것이 순조로웠다고 생각하기 때문이다. 썸머는 톰과 헤어진 지 얼마 되지 않아 다른 남자와 결혼한다. 결국 톰은 썸머에게 단지 놀아난 것이라고 생각한다. 순조로웠다고 생각한 그들에게 무슨 일이 벌어진 것일까. 사실 특별한 일이 벌어진 것은 아니었다. 남들처럼 영화 보고 차 마시고 함께 잤을 뿐이다. 하지만 날이 갈수록 그녀는 시무룩해졌다.

이 영화에서 건축은 주요 소재다. 톰은 건축을 전공했지만 아직 그 꿈을 이루지 못했다. 그가 즐겨보는 책, 그가 썸머에게 선물하는 책 역시 알랭 드 보통의 《행복의 건축》이었다. 영화에서 사랑에 대한 유비로 '건축'을 설정했다. '건축'은 연애 서사의 흔한 유비다. 〈건축학개론〉이나 〈내 아내의 모든 것〉도 그랬다. 쌓아간다는 것, 그것은 연애와 사랑의 기본 조건이다. 사랑은 서로의 감정과 행동과 이야기가 쌓여가는 일이다. 그리고 그것을 통해 '사랑'이라는 구조물이 지어진다. 함께 만들어간 그 구조물이 무너지지 않기 위해서는 구조물을 만드는 주체들이 서로 균형을 맞춰가야 한다. 말하자면 진정한 사랑은 한 사람의 주도나 설계에 의한 것이 아니라, 서툴더라도 함께 차곡차곡 쌓아가는 일이다.

썸머는 톰의 관심과 톰의 꿈을 소중히 여겼다. 그녀가 자신의 팔에 톰이 소망하는 도시의 모습을 그려달라는 장면은 그런 면에서 의미심장하다. 그녀가 톰과 처음 대면한 날 그가 듣는 음악에 관심을 가졌듯이, 그녀는 톰의 소망과 관심에 자신의 팔을 내어주었다. 마치 문신을 새기듯이 말이다. 하지만 톰은 어땠을까. 그는 그녀를 운명의 여인이라고 생각했지만, 막상 그는 자신의 무대에 가장 환상적인 방식으로 그녀를 올려놓았을 뿐 그녀의 세상에 깊이 다가서지 않았다. 자신이 좋아하는 곡을 세상이 몰라주는 것에 대해 한탄하며 그녀에게 녹음까지 해주지만, 그녀가 좋아하는 '링고 스타'는 인기 없다는 말 한마디로 지나칠 뿐이었다. 영화를 보다 문득 쏟아지는 그녀의 울음에 그는 공감하지 못했다(영화 〈졸업〉을 보고 우는 그녀에게 그는 그저 영화잖아, 라고 말할 뿐이었다).

마크 웹, 〈500일의 썸머〉, 2009

그의 관심과 소망을 이해하기 위해 우리는 얼마나 노력했던가. 우리는 그의 소망을

이해하기 위해 그에게 내 팔을 내어 주었던가. 혹시 나는 내 이해와 소망만을 끊임없

이 타전하며, 그가 제대로 들어주지 않는다고 짜증 내고 지겨워했던 것은 아니었을

까. 그리고 끝내 우린 잘 안 맞는 사이라며 투덜거렸던 것은 아니었을까.

　　현실주의적인 연애를 원하는 썸머는 톰의 이해와 소망을 알기 위

해 노력했지만, 막상 낭만주의적인 사랑을 원하는 톰은 썸머의 이해와

소망에 무관심했다. 그에게는 '자신'의 사랑, '자신'의 감정, '자신'의 운명이 중요했기 때문이다. 하지만 '사랑'이라는 구조물은 한 사람에 의해서만 축조될 수 없는 것. 그런 의미에서 그들의 사랑이 무너지는 것은 예견된 일이었다. 그래서 (지극히 현실적인 그녀는) 자신이 보던 책에 관심을 가진 한 남자를 만나고 결혼하게 된다(썸머는 그때도 톰이 선물해준《행복의 건축》을 읽고 있었다). 여하튼 그녀가 보기에 그 남자와는 함께 사랑을 쌓아갈 수 있을 테니 말이다.

톰은 낭만적인 사랑, 또는 운명적인 사랑이라는 무대에 그녀를 배우로 고용했을 뿐이었다. 물론 그녀를 사랑하지 않았다고 이야기하는 것은 너무 매정한지 모른다. 하지만 그는 그녀를 배우로서, 자신의 사랑의 배역으로 사랑했다. 그래서 그녀가 그 배역을 거부했을 때, 그녀는 '운명fate'에서 '쌍년bitch'이 된다. 하지만 바디우의 말처럼 사랑은 '둘'의 무대다. 나의 외로움에 대해 독백하거나, 나만의 환상을 꿈꾸거나, 내 욕망만을 욕망하는 독무대가 아니다. 외딴 방에서 끊임없이 내 외로움과 욕망을 일방적으로 타전하는 무선기사가 아니다.

라몬 카사스, 무도회가 끝난 뒤, 1899

무도회에 갔다 온 그녀. 그곳에서 모든 것을 소진한 듯 몸이 축 늘어져 있다. 한 손엔 책을 들고 있지만 읽을 힘도 의지도 없다. 화려한 무대에서 소파로 돌아온 그녀의 얼굴과 몸엔 어떤 무기력과 허탈함이 배어있다. 혹시 나는 그와 함께 '둘의 무대'에 있는 것이 아니라, '내 사랑'이라는 독무대에서 주인공으로만 서 있던 것은 아닌지. 그를 객석에 앉히거나, 그것도 아니면, '내 사랑'을 연기할 작은 상대역 하나 주었던 것은 아닌지. 그래서 누군가와 헤어지고 나서, 독무대였던 내 연극이 끝나고 허탈감과 상실감에 빠진 것은 아닌지.

'당신을 좋아해요(사랑해요)'라는 말로 그를 객석의 관객으로 앉히고, 우리는 '내 사랑'을 연기하고 있던 것은 아닐까. 혹은 환상의 무대에 그녀를 배우로 올려놓고 자신이 원한 운명적인 사랑을 연기하게 했던 것은 아닐까. 우리는 어쩌면 선천성 사랑 결핍 증후군에 빠진 환자일지 모른다. 나는 아니라고 생각하지만 나와 그녀는 서로의 무대에서 각자의 관객만 필요했는지 모른다. 시시한 연극이 끝나고 배우와 관객이 떠난 텅 빈 무대와 객석을 바라보며, 우리는 감상/감성에 빠져 있는 건지도 모른다.

오늘 저녁 실험을 해보는 것도 나쁘지 않다. 나는 그의 말에 얼마나 귀 기울일 수 있는지. 그것은 단지 무대의 배우 역할에서 객석의 관객 역할로 바꿔 보라는 의미가 아니다. 진정으로 그가 하는 생각과 고민과 상상에 감응하고 있는지 살펴보자는 말이다. 그의 말에 겉돌고 있는 나를 발견하거나 심지어 따분해서 하품이 난다면, 나는 그동안 무대 위의 배우였고 그는 관객이었을 가능성이 높다. 그는 단지 내 환상과 내 외로움을 채워줄 배우이자 관객이었다.

'둘의 무대'에서 나는 그로 인해 얼마나 변화했는지, 그는 나로 인해 얼마나 변화했는지, 내게 보이던 세상이 그녀를 통해 가려진 것이 아니라 내게 보이지 않던 세상이 그를 통해 보였는지, 나는 그의 상상력에 공명하고 그녀의 기쁨과 슬픔 속으로 깊이 침잠해 들어가 보았는지, '타인의 실존에 관한 근원적인 경험'을 하기 위해 노력했는지, 그리고 '어떤 것이 둘의 무대인지, 우리는 고민했던가. 혹시 우리는 여전히 모노드라마의 무대에서 독백 중인 배우 혹은 연출가는 아니었을까.

모노드라마의 무대에서 환상적이고 운명적인 사랑을 꿈꾸던 톰. 미숙함으로 그는 사랑에 성공하지 못했다. 혼자 그린 도면은 사랑이라는 행복한 건축물로 축조되지 못했다. 지난/떠나간 500일의 '여름' 동안 그는 어떤 성찰을 했을까. 그 '여름'을 통해 그는 무엇을 배웠을까. 이제 영화의 마지막 장면에서 톰은 한 여인을 만난다. 톰은 그녀에게 운명적인 무엇을 '다시' 느낀다. 다시 미숙함의 반복일까. 그럴지도 모른다. 하지만 아마 그렇지 않을 것이라고 생각한다. 왜냐하면 '썸머(summer)'와 헤어진, 톰이 만난 여인의 이름은 '오텀(autumn)'이니까. 미숙한 그의 사랑이 끝나고 성숙한 그의 사랑이 오는, 그런 계절이니까.

나는 사랑을 사랑해
– 실은 사랑받는다고 믿었기 때문에 괴로운 것

. . . . .

> 사랑받지 못했기 때문에 괴로워한다고 믿고 있었는데,
> 실은 사랑받는다고 믿고 있었기 때문에 괴로웠던 것
>
> – 롤랑 바르트, 《사랑의 단상》, 동문선, pp.269–270

안바다, 샹그릴라 마니차(전경통), 2013

티벳 불교지에 있는 회전 기도통인 마니차(전경통). 사랑은 마니차 같은 것이 아닐까. 경전이 새겨진(담겨진) 통을 굴리는 일이 곧 기도인 것처럼 사랑이라는 말 자체가 곧 사랑의 행위인 셈이다. 문제는, 그러다 보니 사랑이라는 말이 사랑을 만들어내는 수행적인 마력으로, '당신'을 사랑하는지 아니면 당신을 사랑하는 '나'를 사랑하는지 모른 채 사랑하기도 한다. 특별한 이유도 사건도 계기도 없이 사랑한다는 말로 '수행된' 사랑은, 같은 의미에서 특별한 이유, 사건, 계기 없이 사랑하지 않는다는 말로 사랑을 철회할 수 있다. 혹시 내가 정말 사랑한 것은 당신이라는 존재가 아니라 당신을 사랑한다고 생각하는 '나'라는 존재가 아니었을까. 문자도 기도문의 내용도 모르지만 마니차를 돌리며 기도하는 그들처럼 우리도 사랑을 모르지만 사랑한다는 말을 돌리기만 하면 사랑은 성취되는 것일까. 그 사랑이 누구를 지시하고 있는지, 누구에게 향하고 있는지, 무엇을 위한 사랑인지 모른 채, 간절한 기도처럼 우리는 사랑을 하고 있던 것일까.

호감, 좋아함, 관심 등의 감정에서 '사랑'의 감정으로 변하는(발전하는) 계기나 과정은 어떤 것일까. 그것은 특정 사건일 수도 있고, 특정 행동일 수도 있다. 그러나 사랑은 대개 특별한 사건 이전에 생기는 감정이고 육체적 행위와도 별개로 일어나는 감정이다. 아마도 사랑은, 사랑한다는 생각과 그것을 말함으로써 사랑하게 되는 경우가 많지 않을까. 사랑은 발화함으로써 그 마력을 얻게 된다.

언어철학자 존 오스틴(John Austin)은 발화는 행위를 수반한다는 화행 이론을 정립하였다. 언어행위이론이라고도 하는 이론을 통해 오스틴은 문장을 발화하는 것 자체가 어떤 행위를 수반한다고 설명했다. 약속 장소에 시간 맞춰 나가지 못하는 여자친구가 남자친구에게 문자로 '나 좀 늦어'라고 말하는 것에는 단지 늦는다는 정보를 진술하는 것 이상의 의미가 담겨 있다. 이 말은 진술과 동시에 늦기 때문에 기다려 달라는 부탁, 요구의 행동(행위)이 수반되는 발화이다. 즉 사실이나 정보를 진술하고 있는 것 같은 문장도 어떤 행위나 행동이 함께 수반된다는 것이다. 좀 더 단순히 말하면, 말하는 것이 곧 행동인 셈.

그런 의미에서 '나는 너를 사랑해', 라는 말은 진술 이상의 의미가 담겨 있다. 이 발화는 (사랑이 무엇인지 잘 몰라도) 내가 당신을 사랑하는 '행위'를 하고 있다는 것을 의미한다. 언어가 가진 수행적 성격으로 '사랑해'라는 발화는 이미 발화자를 사랑에 빠지게 한다. 그리고 만약, 말을 전달받는 수신자도 '응, 나도 사랑해'라고 응답한다면 둘은 '사랑'이라는 화행 이론 속에서 이미 사랑을 행하고 있는 것이다.

우리는 사랑해서 (→) 사랑한다고 말한 것이 아니었다. 언어의 수행적 특질로 사랑이라는 말을 하고 나서 (→) 우리는 사랑에 빠진 것이었다. 베르테르는 정말 로테를 사랑해서 로테를 사랑한 것이었을까(이 문장은 동어반복이 아니다). 혹시 로테를 사랑한다고 발화했기 때문에 로테를 사랑한 것은 아니었을까. 죽음에 이르게 한 베르테르의 사랑은 정말 '그녀'에 대한 사랑이었을까. 혹시 베르테르는 로테가 아니라 자신과의 사랑에 빠진 것은 아니었을까.

베르테르는 로테를 '성스러운 존재'라며, '그녀와 함께 있을 땐 모든 욕망이 침묵을 지킨'다고 말한다. 몸 상태를 가늠하지 못할 정도로 자신의 영혼이 곤두박질칠 때 베르테르는 그녀가 연주하는 노래를 들으면 모든 고통과 혼란과 근심 걱정이 사라진다고 이야기한다. 심지어 그가 '머리통에 권총을 발사해서 자살이라도 하고 싶은 때마다' 그녀는 음악을 들려주었고, 그러면 그는 영혼의 방황과 어두움은 사라지고 마침내 다시 자유롭게 숨을 쉴 수 있다고 말한다. 이쯤 되면 로테에 대한 베르테르의 사랑은 로테를 사랑해서 사랑하기보다, 마치 열정적인 사랑을 하고 있는 자신을 사랑하기 위해 사랑하는 사람처럼 보인다.

베르테르는 (실은) 다소 평범한 로테를 보고 환상 속에서 사랑한다. 욕망마저 함부로 가질 수 없는 그녀는 그에게 하나의 이상이 되고 환상이 된다. 그런 의미에서 로테는 베르테르가 만든 가공의 인물일지도 모른다(그녀가 실제로 존재하지 않는다는 의미가 아니다). 말하자면 로테는 베르테르가 환상 속에서 창조한 '이상적인 환상의 로테'인 셈이다. '환상의 로테'를 사랑했다는 말은 '실재의 로테'를 사랑하지 않았다는 말이기도 하다. 베르테르의 사랑에서 막상 '실재의 로테'는 '환상의 로테'에 가려 사라졌으니까. 자살까지 이르게 한 '(환상의) 로테를 사랑했다'는 명제와 '(실재의) 로테를 사랑하지 않았다'는 명제에서 괄호를 제거하고 정리하면 다음과 같은 명제가 된다. '로테를 사랑한 것은 로테를 사랑한 것이 아니었다.' 그는 로테를 사랑하지 않았다. 도대체 그는 누구를 사랑했던 것일까.

결국, 그는 로테를 사랑한다는 알리바이를 통해 자신의 사랑을 사랑했던 것. 그리고 그 사랑으로 죽음에까지 이른 것.

미켈란젤로 카라바지오, 나르키소스, 1594–1596

자신을 사랑한 청년 나르키소스. 자신을 사랑할 수는 있지만, 누구도 자기 자신과 사랑에 빠질 수는 없는 법. 누구도 아름답게 비친 자신의 입술에 입 맞출 수 없는 법. 그래서 나르키소스는 그 슬픔에 죽었다. 베르테르의 자살도 그와 다르지 않다. 자신은 몰랐겠지만, 자신(의 사랑)을 사랑해서 그는 슬플 수밖에 없었다. 그리고 나르키소스처럼 끝내 세상을 떠날 수밖에 없었다.

베르테르만 자신(의 사랑)을 사랑한 것인가. 혹시, 당신 또한 당신이 사랑하고 있는 사람이라는 것을 사랑했던 것은 아닐까. 당신은 사랑받을 만한 사람이라는 것을 사랑했던 것은 아닐까. 사랑이 혼자 하는 일이라면 문제가 되지 않겠지만 사랑이 둘의 무대라면, 상대를 위해서 당신이 사랑했는지, 당신을 위해서 당신을 사랑했는지 숙고하는 일은 중요하다. '우리'가 아닌 당신 자신(의 사랑)을 위한 사랑은, 결국 사랑하는 동안 아무것도 아닌 존재였던 나에게(아무것도 아닌 존재로 이미 상처를 한 번 주고), 또 (아무것도 아닌 나와 헤어지면서 또 다른)상처를 남겨주니 말이다. '누군가'를 사랑하는 일은 말 그대로 '그 누군가'를 사랑하는 일이지, '자기'를 사랑하는 일이 아니다. 당신은 나를 사랑해서 사랑했는가, 아니면 당신은 당신을 사랑해서 나를 사랑했는가.

누군가와 헤어지면, 우리는 사랑받지 못했기 때문에 괴로운가. 바르트의 말처럼 혹시 우리는 사랑받는다고 믿었기 때문에 괴로운 것은 아닌가. 만약 당신이 당신(의 사랑)을 사랑해서 나를 사랑한 것이라면, 나는 사랑받지 못했기 때문에 괴로운 것이 아니다. 실은 사랑받는다고 믿었기 때문에 괴로운 것이다.

사실은, 내게 지는 것
─ 다툼의 태도

·
·
·
·

한 사람이 다른 사람을 사랑하는 것,
그것은 아마도 우리의 일들 중에서 가장 어려운 일

─ 라이너 마리아 릴케

나를 힘들게 하는 것이 있어도 그를 사랑할 수 있을까. 차라리 이렇게 이야기해야 할까. 나를 힘들게 하는 것 때문에 그를 사랑할 수 있을까. 이를테면, 그녀의 예민함과 섬세함 때문에 내가 힘들더라도, 오히려 그것 때문에 그녀를 사랑할 수 있을까. 그의 과묵함과 냉정함 때문에 내가 힘들더라도, 오히려 그것 때문에 그를 사랑할 수 있을까. 나를 힘들게 하는 것을 도대체 사랑할 수 있을까. 다투지 않고 사랑할 수 없는 것일까. 왜 우리는 다투는 것일까.

만약 그와 내가 같다면, 같은 곳에 있고, 같은 곳을 바라보고, 같은 이해만 하고 있다면, 우리는 아마 아무 힘듦도 다툼도 없을 것이다. 힘듦도, 틈도, 갈라짐도, 비껴감도, 다툼도 없는 완전한 동일성 속에서 우리는 함께 머물게 될 것이다. 그런데 그런 상태라면 더 이상 서로 사랑하지 못할 것이다. 어떤 '의미'는 '차이'를 통해 발생하기 때문이다. 세상에 온통 하얀색만 존재한다면 막상 우리는 하얀색의 의미에 대해 알지 못할 것이다.

우리가 하얀색을 하얀색으로 인지하고 이해할 수 있는 이유는 검은색이 있기 때문이다. 검은색이 있어야 우리 눈과 머리는 그제야 변별력을 가지고 흰색의 깨끗함과 순결함에 대해 이야기하고 어떤 의미에 대해 말할 것이다. 그러니까 사랑과 사랑의 의미 역시 차이를 통해 생성되는 것이다. 당신과 나의 완전한 동일성 속에서는 어떤 사랑의 의미도 발생하지 않는다. 그래서 하나 되기를 꿈꾸고 노래하는 (특히 초기) 연인의 소망은 불가능한 꿈이기도 하지만, 사랑의 의미를 제거하는 불경한 꿈이기도 하다.

그는 내가 아니고 나는 그가 아니다. 만약 다투지 않고 사랑한다면 그건 '죽은 자에 대한 사랑'과 다를 바 없다. 그의 욕망과 나의 욕망이 동일성의 자리에 위치하는 게 아니라면 그와 나는 조금씩 비껴가고 그 틈에서 다툴 수밖에 없다. 가령, 누군가를 예의 바르게 무시하면 그와 다투지 않을 수 있다. 혹은 절대적으로 군림해도 다투지 않을 수 있다. 하지만 그 예의 바른 무시나 절대적인 군림이 사랑은 아니다. 우리는 서로 다른 욕망과 생각을 가진 타자고 그 타자성의 자리에서 우리가 만난 것이라면, 다툼은 사랑하는 우리에게 남겨진 유산 같은 것이다. 우리의 상처와 다툼은 사랑의 일부다.

밸런타인데이. 전철역에 기차를 기다리고 있던 조엘(짐 캐리)은 문득 회사에 가기 싫어진다. 회사 대신 그가 간 곳은 몬탁의 겨울 바다. 날은 흐리고, 성긴 눈발이 날리는 바다는 아직 차다. 그곳에서 파란 머리를 한 클레멘타인(케이트 윈슬렛)을 우연히 만난다. 그들은 처음 만났지만(그들은 그렇게 생각하지만) 왠지 서로 낯설지 않다. 조용하고 조심스러운 조엘. 그와 달리 거침없이 행동하는 클레멘타인. 조엘은 그녀의 친근함과 자유로운 성격이 좋다. 클레멘타인은 착해 보이는 그가 좋다. 서로 다른 느낌, 다른 색깔, 다른 기질에 그들은 끌린다. 쓸쓸한 몬탁의 바닷가. 그들은 왜 이곳에 왔을까. 그들은 왜 이곳에서 만났을까. 미셸 공드리 감독의 〈이터널 선샤인〉은 그렇게 시작된다. 마지막 순간을 처음의 순간으로 시작한다.

사실 그들은 마지막 순간에 만난 것이다. 그들은 연인이었다. 하지만 지긋지긋한 다툼에 헤어지기로 결심한다. 클레멘타인이 조엘과의 기억을 기억삭제 회사, 라쿠사에 의뢰해 삭제하고 조엘도 그 사실을 알고 곧 삭제한다. 기억은 가장 최근의 것부터 삭제해 나간다. 새벽에 만취해서 들어오는 클레멘타인. 그녀의 그런 자유분방함이 지겨운 조엘. 소심한 잔소리꾼 조엘이 지겨운 클레멘타인. 싸움, 다툼, 또 다툼. 넌더리 나게 다투는 그들. 다시 조금 더 과거, 중식당에서 식사하는 그들. 할 이야기도 나눌 감정도 많아 보이지 않는다. 고작 건네는 말은 비누에 머리카락이 묻지 않게 해달라는 클레멘타인의 주문. 다투지 않으면 건조한, 건조하지 않으면 다투는 그들의 관계. 그들이 원래부터 그렇지는 않았다. 점점 과거의 기억으로 깊이/멀리 들어갈수록 다투기보단 웃고, 침묵하기보단 이야기를 나누는 그들이었다. 그제야 추억의 소중함을 깨닫고 조엘은 무의식 속에서 기억 삭제에 저항한다. 그는 클레멘타인과 보낸 아름다운 시간까지 잊히고 싶지 않은 것이다. 이제야 조엘은 알게 된다. 다툼도 사랑의 일부라는 것을. 사랑이 소중한 것이라면 다툼도 소중한 것이라는 것을. 하지만 이미 늦었다.

지금 막 가까워진 그들. 그리고 이제 서로가 서로의 기억을 삭제했다는 사실을 알게 된 그들. 그러니까 그들은 가장 처음의 순간에 가장 마지막의 순간을 대면하고 있는 것이다. 그들은 지금 호감 가는 상대의 무늬도 어느 순간 지겨워지리라는 것을, 또 지겹게 다투리라는 것을 '미리' 안다. 그래도 조엘과 클레멘타인은 다시 만날 수 있을까. 클레멘타인은 묻는다. 다시 다툴 텐데, 다시 서로가 싫어질지도 모르는데, 그래도 다시 만날 수 있을까. 조엘은 대답한다.

응, 그래, 괜찮아.

기억 삭제 과정에서 조엘은 배웠다. 힘들어도, 불행해도 기꺼이 사랑하는 모험이 소중하다는 것을. 다툼 또한 사랑의 일부라면, 사랑하는 사람은 다투지 않을 수 없다. 하지만 다툼이 불가피하더라도 다툼이 우리를 지치게 하는 것도 사실이다. 그리고 끝내 사랑에 대한 신뢰마저 흔들기도 한다. 사랑하면 다투어야 하는 숙명에서 우리는 영원히 빠져나올 수 없는 것일까. 꼭 그렇지는 않다. 다투면서 계속 사랑할 수 있는 한

가지 방법이 있다. 그것은 '지는 것'. 져주는 것이 아니다. 져주는 것은 이길 수 있는 자가 베푸는 어떤 권력의 냄새가 풍긴다. '지는 것'은 그렇지 않다. 그것은 일부러 져주는 것이 아니라 정말 지는 것이다. 그것이 단지 상대에게 지는 것만은 아니다. 당신에게 지는 것은 사실 나에게 지는 것이다. 사랑에서, 사랑의 다툼에서 이기는 것은 이기는 것이 아니다. 사랑의 성취는 오히려 질 때 생긴다. 당신에게, 그리고 결국 나에게 말이다.

미셸 공드리, 〈이터널 선샤인〉, 2005

지겹도록 다투는 우리. 이제 어떤 떨림도 설렘도 품지 않는 우리. 작은 말 한마디에 짜증 내고 화내는 우리. 그런데 우린 원래 그러지 않았다. 기억의 조각들을 조금씩 모으면, 거기엔 우리의 떨림과 설렘이 있었다. 거기엔 아름다운 무늬가 새겨 있었다. 영화의 원제인 'Eternal sunshine of the spotless mind'라는 포프의 시 구절처럼, 우리에겐 '티 없는 마음에 비친 끝없는 햇살'이 있었다. 사실 우리의 다툼도 사랑에 새겨진 작은 무늬였던 것.

> 사랑의 적은 경쟁자가 아니라 바로 이기주의입니다. 이렇게 말할 수 있겠습니다. 내 사랑의 주된 적, 내가 쓰러뜨려야만 하는 것은 타인이 아니라 바로 나, 차이에 반대되는 동일성을 원하는 차이의 프리즘 속에서 걸러지고 구축된 세계에 반대하여 자신의 세계를 강요하려 하는 "자아"입니다.
>
> — 알랭 바디우, 《사랑예찬》, 도서출판 길, p.71

내 사랑의 적은 다른 경쟁자도, 당신도 아니었던 것. 사실은 차이를 이해하지 못하고 내 세계를 강요한 나 자신이었던 것이다. 그래서 오늘도 그녀와 다툰 나는, 그녀와 헤어짐으로써 이 다툼을 끝내는 것이 아니라면, 또 우리 사랑에서 다툼이 없을 수 없다면, 그리고 다툼이 사랑의 일부라면, 차라리 나는 매번 다투고 나는 매번 질 것이다. 그것은 당신에게 지는 것이 아니다. 실은, 내게 지는 것이다.

당신이라는 고유명사
─ 당신이 꽃들이고, 꽃들이 당신이라면

:
:

문제는 우리가 더듬대는 말로 사랑이라고 부르는
그것의 올바른 이름을 찾아내는 일이었다.

─ 프리드리히 막스 뮐러, 《독일인의 사랑》, 문예출판사, p.136

예컨대 어떤 남자(여자)가 실연했을 때 그(녀)는 '여자(남자)는 또 얼마든지 있잖아'라고 위로한다. 하지만 이런 식으로 위로하는 것은 부당하다. 왜냐하면 실연한 사람은 이 여자(남자)에게 실연당한 것이고 그것은 대체 불가능하기 때문이다. 이 여자(남자)는 결코 여자(남자)라는 일반 개념(집합)에 속하지 않는다. 따라서 이런 식으로 위로하는 사람은 '사랑'을 모르는 사람이라 할 수 있으리라. 그러나 알고 있었다 해도 여전히 이렇게 위로할 수밖에 없을지도 모른다. 실연의 상처를 치유하려면 결국 이 여자(남자)를 단지 유(일반성) 속의 한 명으로 간주해야 하기 때문이다.

─ 가라타니 고진, 《탐구 2》, 새물결, p. 14-15

사랑하는 사람과 헤어진 내가 슬픈 이유는 단지 '사랑하는 어떤 여자'와 헤어졌기 때문만은 아니다. 정확히 말하자면 사랑하는 '그 사람'과 헤어졌기 때문에 슬픈 것이다. 내가 사랑했던 건 바로 '그 당신'이라는 고유명이었지, '여자'라는 일반 명사나 집합 명사가 아니었기 때문이다. 거리에, 카페에, 식당에, 서점에, 사무실에 '여자', 혹은 '남자'라는 일반 명사는 무수히 많지만 '그 당신'이라는 고유명은 어디에도 없다. 그래서 '여자는 얼마든지 있잖아'라는 위로는 위로가 되지 않는다. 일반 명사 '여자'와 내가 좋아했던 '그 사람'은 대체 불가능하기 때문이다. 친한 친구가 멀리 떠날 때 괜찮아 친구는 또 사귀면 되잖아, 라는 말이 위로가 되지 않는 것은 '그 친구'는 그 친구일 뿐이지 다른 누군가와 대체할 수 없는 존재이기 때문이다. '그 자식'을 잃은 누군가에게 '괜찮아 또 낳으면 되잖아', 라는 위로는 차라리 모독일 것이다. 그런 의미에서 사랑하는 '그 사람'과 헤어진 나는, '그 사람'과 이별한 것이지 단지 여자와 헤어진 게 아니다. 그런 식으로 우리는 대체 불가능한 상황에, 혹은 절망에 빠진다. 그래서 당신과 이별한 나는 '그 당신'을 보지 못하기에 그토록 슬픈 것이지, 단지 '여자/남자'를, 혹은 '사랑하는 어떤 사람'이라는 일반 명사를 못 만나서 슬픈 게 아니다.

여기 고유명 '그'와 어떤 절대성 속에서 사랑을 한 기이한 여자가 있다. 모니카 마론의 소설 《슬픈 짐승》의 주인공 '나'. 그녀는 자신의 나이를 정확히 모른다. 그녀는 남편과 딸 한 명이 있던 것 같다. 그녀는 어느 날 자신이 일하는 자연사박물관에서 '그 남자' 프란츠를 만났고 사랑에 빠진다. 그리고 그녀는 이제 '인생에서 놓쳐서 아쉬운 것은 사랑밖에 없다'고 생각한다.

베를린 자연사박물관에서 근무하는 그녀는 동독 출신 고생물학자였다. 통일 직후, 서독 출신 프란츠와 사랑에 빠지지만 그는 열두 시 반이 되면 어김없이 아내가 있는 집으로 돌아가야 했다. 그녀는 그런 그를 절대적으로 사랑했다. 그녀는 남편과 딸을 모두 잊고/잃고 프란츠와의 사랑에만 몰두하고 집착했다. 하지만 그는 어느 날 가버렸고 다시 돌아오지 않았다. 그날 이후로 그녀의 삶은 멈췄다. 사십 년일까, 오십 년일까. 그를 기다리는 일 외에는 어떠한 일도 하지 않겠다고 결심하고, 그녀는 그렇게 살았다. 프란츠라는 고유 명사의 존재가 사라졌지만 그녀는 다른 고유명사를 만나는 대신, 그에 대한 기억만으로 하루하루를 살아간다.

그녀는 프란츠가 없을 때 자신이 누구였는지조차 상상하지 못한다며 자신 인생 전체의 의미를 프란츠라는 고유명사에 대한 기다림이라고 정의한다. 그녀는 프란츠와 헤어진 후, 은행에 가거나 생필품을 사러 장을 보러 나갈 때를 제외하곤, 세상의 모든 것과 단절한다. 말하자면 그것은 '끝나지 않는 중단 없는 사랑 이야기로서' 남은 인생을 살겠다는 결심인 것이다.

프란츠가 사라지자 그녀에게 그와 함께 지내던 도시는 이제 아무 의미도 없다. 그녀는 프란츠라는 매개 없이는 누구에게도 무엇에도 속하지 못하는 삶을 사는 것이다. 그런 의미에서 절대적인 사랑에 빠진 사람은 '슬픈 짐승'이다. '그'라는 고유명사의 매개가 없이 그녀는 온전한 개체로 살아갈 수 없기 때문이다. 그래서 그녀는 그 안에서 그와의 시간 속에서 영원히 살기로 결심한다. 그러니까 그녀가 소망하는 것은 (이미 떠난) 프란츠라는 고유명사를 현재의 시간 속에 한없이 붙잡고 싶은 것이다. 그런데 사실 그런 그녀의 소망은 사실 소설 마지막에 드러난 어떤 파국에서 기인한 것이었다. 그럼에도 그녀의 '독보적인' 사랑에서, 집착 같은 그녀의 사랑에서 유의미한 점이 있다면 그것은 일반명사 남자와 사랑한 것이 아니라 고유명사 프란츠인 그와 사랑을 했고 (고유명사인) '그 사랑'에 충실했다는 것이다.

사랑은 일반 개념 '사랑'이기 때문에 유의미한 것이 아니라 대체 불가능한 고유명사의 사랑이기 때문에 유의미한 것이다. 그렇다고 우리의 사랑이 세상에서 가장 독특하고 독창적인 무엇이라는 의미는 아니다. 아마 가장 흔하고 익숙한, 가장 특별할 것 없는 사랑일 것이다. 만나면 차 마시고, 이야기 나누고, 영화 보고, 포옹하는 그런 사랑. 하지만 내 앞에서 차를 마시는 당신은 유일한 당신이고 나와 포옹하는 당신은 일반명사에 포함되지 않는 바로 '그 당신'이다. 그래서 포옹의 순간 느껴지는 당신의 냄새는 다른 어떤 것에서 느낄 수 없는 단 하나의 유일하고 절대적인 감각이다.

주세페 아르침볼도, 봄, 1573.

아름다운 꽃잎과 식물들. 각각의 개체가 모였다. 단 하나도 대충 그려진 것은 없다. 아르침볼도는 식물, 꽃, 과일, 채소, 어류, 조류, 포유류, 심지어 책이나 술통 같은 개별적인 물건들로 어떤 사람, 그러니까 개별적인 어떤 존재를 그렸다(이 사람은 황제 막시밀리안 2세다). 그런데 그의 그림에서는 그런 개별의 사물이 모여서 보편이나 일반, 또는 집합으로 환원되지 않는다. 하나하나의 아름다운 꽃은 각자의 개별성을 지닌 채, 개별성을 지닌 한 사람을 만들어 낸다. 철학자들이 유사(有史) 이래 논쟁해왔던 개별과 보편 논쟁을 무색하게 하는 그의 상상력. 개별이 개별이 되고 고유명사가 고유명사가 되는 것. 이 개별적인 사람은 여기서 어떤 집합이나 보편이 아닌 한 개체이면서, 동시에 무수한 개체들이기도 한 것. 각각의 꽃들은 그 황제고, 그 황제는 각각의 꽃들인 셈. 우리의 사랑도 그것이 가능할까. 지나고 나면 모든 '일반성'에 묻히고 마는 일반명사의 사랑이 아니라, 일반명사의 여자에 포함되는 당신이 아니라, 고유명사의 당신, 고유명사의 사랑이 가능할까. 당신이 꽃들이고 꽃들이 당신이라면 그런 사랑이 가능할까.

그런 의미에서 우리의 사랑은 일반명사 사랑으로 환원되지 않기 때문에 당신과 나의 사랑은 절대적인 것이다. 모든 것이 상대(주의)적인 세상에서 유일하게 절대적일 수 있다면 그것은 '그 당신'이라는 존재와 '당신과의 그 사랑'이다. 사랑하는 '그 순간'(일반명사 '순간'이 아니라)은 다른 어떤 곳에도 다른 어떤 시간에도 존재하지 않기 때문이다.

그래서 우리는 이별하면 슬픈 것이다. 그런 어떤 절대성의 세계가 파괴되었기 때문에, 그런 절대성의 세계에서 떨어져 나왔기 때문에 슬픈 것이다. 단지 '누군가'와 헤어졌기 때문에 슬픈 것이 아니다. 고유명사인 당신과의 이별은 원래 쉬운 일도 간편한 일도, 그럭저럭 때워지는 일이 아니었던 것. 만약 '일반명사인 그녀'를 사랑했다면 '일반명사 이별'도 그런대로 쉬운 일이 되었는지도 모르지만 말이다. 그래서 그 사람과 헤어지면, 바르트의 말처럼 "나는 그 사람이 아픈"것이다. 누군가와 헤어졌다는 일반적 사실 때문에 아픈 게 아니라, 그 사람이었기에 아픈 것이고 그것은 마치 배가 아프고 머리가 아프듯 (물리적으로) 그 사람이 아픈 것이다.

그렇다고 절대적인 '그 이별'이 또 다른 하나의 절대적인 사랑의 세계를 받아들이지 못한다는 것을 의미하지는 않는다. 고진의 말처럼 '실연의 성처를 치유하려면 결국 이 여자(남자)를 단지 유(類, 일반성) 속의 한 명으로' 꼭 간주해야 할 필요는 없다. 내가 어떤 절대적인 세계를 떠났다고 다른 세계의 진입마저 차단되는 것은 아니기 때문이다. 우리는 절대적인 존재와 다시 절대적인 사랑을 할 수 있다. 여기서 절대적인 사랑을 소망하는 것이, 오로지 평생 동안 단 하나의 절대적인 세상에서 단 한 명의 절대적인 존재하고만 사랑하겠다는 맹세 같은 것이 아니다. 우리는 언제나 그랬듯이 누군가와 헤어지고 다른 누군가와 다시 사랑할 수 있다. 다만 '그 사랑'을 하는 동안에는 '일반명사 사랑'으로 '일반명사 당신'이 아닌, '고유명사 당신'과 '절대적인 사랑'을 하겠다는 의미이다. 그것은 최소한 그렇게 하겠다는 다짐이고 노력이다. 언젠가 내가 '그 당신'과 '그 이별'을 하더라도 말이다. 당신이 꽃들이고 꽃들이 당신이라면.

그녀를 맡고 싶다
–누군가의 부재를 가장 실감할 때

. . .
. . .
. . .

> 과거는 우리 지성의 영역 밖에,
> 그 힘이 미치지 않는 곳에,
> 우리가 전혀 생각도 해 보지 못한 어떤 물질적 대상 안에
> (또는 그 대상이 우리에게 주는 감각 안에) 숨어 있다.
>
> – 마르셀 프루스트, 《잃어버린 시간을 찾아서1》, 김희영(역), 민음사, p.85

후각은 다른 감각과 달리 빠르게 적응한다. 다른 감각은 비교적 오랜 자극이 지속되어야 무디어진다. 가령 입술은 키스를 오래한다고 (다행히) 둔해지지 않는다. 키스와 달리 냄새는 금방 익숙해져서 더 오래 맡고 싶어도 사라져 버리고 만다. 그래서 자신이 먹은 음식물의 냄새나 자신의 입과 몸에서 나는 냄새는 잘 인지하지 못한다. 그리고 후각은 다른 감각과 달리 '시상'이라는 중간 단계가 없다. 말하자면 뇌로 바로 정보가 전달되는 셈인데, 그런 이유로 냄새는 감정이나 기억에 직접적인 영향을 미치고 무의식적으로 작용한다. 후각은 가장 시원(始原)적이면서 (식물인간이 될 때도) 마지막까지 남는 최종적 감각이기도 하다. 그러니까 상대방의 냄새는 냄새의 특성상 쉽게 사라지거나 익숙해지고 말지만, 그 냄새

에 대한 기억과 감정은 깊게 남아 있다는 의미가 된다.

> 할머니 할아버지가 있는 안간에들 모여서 방안에서는 새 옷의 내음
> 새가 나고 또 인절미 송구떡 콩가루차떡의 내음새가 나고 끼니 때의
> 두부와 콩나물과 볶은 잔디와 고사리와 도야지비계는 모두 선득 선
> 득하니 찬 것들이다.
>
> (…)
>
> 그래서는 문창에 텅납새의 그림자가 치는 아침 시누이 동세들이 욱
> 적하니 흥성거리는 부엌으론 샛문 틈으로 장지문 틈으로 무이징게국
> 을 끓이는 맛있는 내음새가 올라오도록 잔다.
>
> — 백석, 〈여우난 곬속〉 중

백석에게 어린 시절의 고향은 냄새로 이루어진 무엇이다. 새 옷의
냄새, 구수한 떡 냄새, 문틈을 비집고 들어온 국 끓이는 냄새. 평생 타지
를 돌아다녀야 했던 그에게 과거의 공간은 냄새로 환기되고 냄새라는 과
거의 감각은 그리움이라는 현재의 감정이 된다. 프루스트의 《잃어버린
시간을 찾아서》에서도 과거는 시각이나 청각이 아니라 긴 냄새를 통해
서 긴 문장으로 환기된다.

> 이 시골 방들은 – 눈에 보이지 않는 수많은 미생물들로 공기나 바다
> 전체가 빛을 발하거나 향기를 내뿜는 몇몇 고장에서처럼 – 미덕, 지

혜, 습관 같은, 공기 중에 떠 있는, 은밀하고도 눈에 보이지 않으며 넘쳐흐르는, 온갖 삶이 발산하는 무수한 냄새들로 우리를 매혹했다. 그것은 물론 여전히 자연 그대로의 냄새이며 또 가까운 들판의 냄새처럼 그날의 빛깔을 가진 냄새지만, 집 안에 틀어박히기를 좋아하는 인간적이고 밀폐된 냄새, 과수원에서 방 벽장으로 옮겨진 그해 모든 과일로 솜씨 있게 만든 투명한 젤리 냄새, 계절에 따라 변하면서도 가구와 집 안에서 나는 냄새로 톡 쏘는 하얀 젤리 맛을 따끈한 빵의 달콤함으로 중화하는 냄새, 마을의 큰 시계처럼 한가로우면서도 규칙적인 냄새, 빈둥거리면서도 질서 있는 냄새, 태평하면서도 용의주도한 냄새, 세탁물 냄새, 아침 냄새, 신앙심 냄새, 불안만을 가중하는 평화와 그곳에 살지 않고 스쳐가는 사람에게는 시(詩)의 커다란 보고로 사용되는 산문적인 것에 행복해하는 냄새였다.

　　　　－ 마르셀 프루스트, 《잃어버린 시간을 찾아서 1- 스완네 집 쪽으로 1》,

　　　　　　　　　　　　　　　 김희영(역), 민음사, pp.94-95

프루스트의 냄새는 맛(미각은 후각을 동반하는 감각이다)과 더불어 어렴풋한 과거를 구체화하고 '잃어버린 시간'으로 여행을 가능하게 한다.

그러다 갑자기 추억이 떠올랐다. 그 맛은 내가 콩브레에서 일요일 아침마다(일요일에는 미사 시간 전에 외출할 수 없었다.) 레오니 아주머니 방으로 아침 인사를 하러 갈 때면, 아주머니가 곧잘 홍차나 보리수차에 적셔서 주던 마들렌 과자 조각의 맛이었다. 실제로 프티트 마들렌을 맛보기 전 눈으로 보기만 했을 때에는 아무것도 생각나지 않았다.

(…)

그러나 아주 오랜 과거로부터 아무것도 남아 있지 않을 때에도, 존재의 죽음과 사물의 파괴 후에도, 연약하지만 보다 생생하고, 비물질적이지만 보다 집요하고 보다 충실한 냄새와 맛은, 오랫동안 영혼처럼 살아남아 다른 모든 것의 폐허 위에서 회상하고 기다리고 희망하며, 거의 만질 수 없는 미세한 물방울을 위해서 추억의 거대한 건축물을 꿋꿋이 떠받치고 있다.

― 미르셀 프루스트, 《잃어버린 시간을 찾아서 1― 스완네 집 쪽으로 1》,

김희영(역), 민음사, pp.89-90

홍차에 적신 마들렌의 맛과 냄새는 모든 것이 파괴되고 사라진 세상에서 연약하지만 생생하고, 집요하고 충실하게 과거의 것들을 떠올려 준다. 냄새로 기억되는 과거의 것들, 지금은 남아 있지 않은 그것들을 말이다. 가령 아주 어릴 적 어머니의 품에서 나던 냄새, 겨울밤 차가운 방 공기의 냄새, 두꺼운 이불의 냄새, 아이들이 떠난 놀이터에 저녁놀이 지던 저녁의 냄새, 그 저녁놀을 묻힌 창문에서 새어 나오는 저녁 짓는 냄새, 홀로 떠난 여행지에서 만난 거대한 초원의 냄새, 내게 기댄 당신의 냄새, 그 모든 연약하고 흐릿한 냄새. 하지만 영혼처럼 살아남은 그때의 냄새. 모든 냄새는 그립다. 모든 과거와 기억은 냄새이고 냄새는 기억이기 때문이다. 그런데 그런 후각이 문명의 발달과 함께 점점 사라지고 있다. 가장 동물적인 감각인 후각은 세련되고 압도적인 다른 감각에 밀려 소외되고 있다. 추억이라는 '거대한 건축물을 꿋꿋이' 떠받쳐 주던 후각이 사라진다는 것은 추억과 과거의 시간도 동시에 잃는다는 것을 의미한다. 그러니, 냄새가 사라진다는 것은 단지 하나의 감각이 사라지는 일이 아니다. 모든 기억이, 모든 세상과 당신의 존재가 사라지는 일이다.

얀 브뤼겔, 냄새, 1617–18

피터르 브뤼겔의 둘째 아들 얀 브뤼겔의 오감 연작 중 후각을 그린 작품이다. 화가에게 '후각을 그린다'는 것은 무엇보다 꽃을 그리는 일이었을 것이다. 꽃에 둘러싸인 여인에게 아이가 꽃다발을 가져다주고 있다. 꽃을 그린 그림은 시각적으로만 화려한 게 아니라 후각적으로도 화려해서 온갖 꽃들의 향기가 전해 오는 것 같다. 그런데 여인은 다리를 꼬고 한쪽 손끝은 턱에 댄 채 사색에 잠겨 있는 듯하다. 여인은 단지 향기에 취하기만 한 것이 아니다. 그녀는 향기가 불러온 어떤 상념, 즉 추억에 취한 것이다.

그래서 냄새는 소중하다. '원(原) 대상'에 기댄 그 냄새들이 이제 다시 만나지 못하는 기억들과 시간을 불러오기 때문이다. 후각은 원래 지시하는 대상이 냄새와 함께 호명된다. 가령 다른 감각을 지칭하는 언어는 비교적 상세하게 기표화 되어 있다. 노랑, 빨강 등의 색채 이미지는 물론이고 화사한, 뿌연 등의 시각적 표현을 지칭하는 어휘는 다양하다. 섬세한 미각도 쓴맛, 단맛, 매운맛 등 그 감각을 지칭하는 비교적 다양한 어휘가 있다. 반면에 후각은 독립적인 지시어가 많지 않다. 물론 악취나 향긋한 냄새라는 막연한 어휘는 있지만 그 말이 지시하는 범위는 너무 주관적이고 광범위하다. 냄새에 관한 어휘는 주로 다른 대상, 즉 원대상에 기댄다. '꽃'향기, '담배'냄새, '무슨무슨' 냄새라고 말이다. 그래서 그녀의 냄새를 언어로 설명하기가 어렵다. '그녀 냄새'라는 말 밖에는. 그러니까 당신에 대한 냄새는 당신 자체로 떠올릴 수밖에 없는 것. 그걸 알면서도 나는 나의 냄새를 맡고 있는 당신에게 무슨 냄새가 나는지 묻는다. 하지만 대답은 이렇게 돌아올 것이다.

　　그냥, 당신 냄새.

　　누군가의 부재를 가장 실감할 때는 그의 냄새를 더 이상 맡지 못할 때가 아닐까. 남겨진 사진을 볼 수도 있고, 전화기 저편의 목소리를, 혹은 녹음된 음성을 들을 수도 있지만 당신이 없으면 냄새는 맡지 못한다. 그러나 기억과 직접 연결된 후각은 당신에 대한 기억과 감정을 더욱 증폭시킨다. 그래서 냄새는 그립고 슬프다. 당신을 보고 싶기보다는 당신을 맡고 싶다.

당신의 '없음'을 사랑해요

– '나의 없음과 너의 없음이 서로 알아볼 때'

[
내가 들었던 말 중 가장 기품 있는 말은 이것이다 :
"진실한 사랑에서는 영혼이 육체를 감싼다."
– 프리드리히 니체
]

　우리는 사랑하는 사람이 무엇인가 부족하고 결여이기 때문에 그와 싸우거나 헤어지는 것일까. 우리는 연인과 싸우고 나면, 그가 무엇이(이 무엇의 자리에는 사랑, 표현, 이해심, 배려, 아파트 등 모든 것이 가능하다) 없었다고 말한다. 그리고 이별하거나 이별 당한다. 내가 무엇인가 부족하기 때문에 그녀와 헤어진 것일까. 아니면 내가 욕망하는 것을 그가 갖지 못했기 때문에 나는 그에게 헤어지자고 말한 것일까. 이 질문에 대해 왕가위의 영화 〈해피투게더〉와 마누엘 푸익의 소설 《거미여인의 키스》가 남긴 전언이 있다.

　Fin del Mundo, '세상의 끝'이 있는 땅, 아르헨티나. 영화 〈해피투게더〉에서 아휘(양조위)와 보영(장국영)은 그 땅에서 만남과 헤어짐을 반복한다. 사랑의 주도권은 보영에게 있다. 보영은 늘 '우리 처음부터 다시 시작하자'며 아휘에게 다가/다시 온다. 보영을 거부할 수 없는 아휘는 매번 실패하면서 매번 그를 다시 받아들인다. 그리고 아휘는 매번 두려워한다. 그래서 아휘는 보영의 여권을 숨긴다. 하지만 몇 개의 도장이 찍힌, 몇 조각의 허약한 종이 묶음으로 보영을 붙잡아 둘 수는 없는 일.

사실은 보영이 빨리 낫지 않기를 바랐다.
아픈 그 애랑 같이한 시간들이 가장 행복했기 때문이다.

아휘는 결국 떠나버린 보영을 두고 말한다. 보영이 가장 아팠을 때, 그래서 그가 곁에 있을 때 가장 행복했다고. 아휘는 보영의 결여, 그 결여 때문에 사랑했다. 하지만 이제 더는 아프지 않은, 더는 결여가 아닌 보영은 아휘를 떠났고, 아휘는 보영을 떠나보냈다.

결여가 있었기에 가능했던 또 다른 사랑, 그것은 마누엘 푸익의 소설 《거미여인의 키스》에서 37살 동성애자 몰리나와 26살 마르크시스트 게릴라 발렌틴의 사랑이다. 감옥에 같이 있게 된 몰리나와 발렌틴. 몰리나는 발렌틴에게 영화 이야기를 들려주며, 아픈 발렌틴을 간호해준다. 둘에겐 어떤 공통점도 접점도 없다. 한 명은 너무도 정치적이지만 다른 한 명은 너무나 비정치적이다. 한 명은 혁명을 꿈꾸는 완고한 이상주의자지만, 다른 한 명은 퇴폐적인 동성애자다. 그렇게 완연히 다른 두 세계가 어떤 접점으로 만날 수 있을까. 그것은 우선 몰리나가 이야기해주는 영화를 통해서였다. 그 이야기(영화)를 통과하며 발렌틴은 몰리나에게 조금씩 마음을 열게 된다. 하지만 무엇보다 중요한 그들의 접점은 몰리나가 발렌틴을 극진히 보살펴 주는 과정 자체였다. 보살핌은 실제로 두 신체가 접촉하는, 즉 '접점'이 되는 계기이기도 했다.

　몰리나의 간호는 적당히 발렌틴을 보살펴준 차원이 아니었다. 설사를 한 발렌틴을 씻겨주고 이불도 빨아주는 극진한 보살핌이었다. 여자친구가 있는 이성애자 발렌틴이지만 자신을 그토록 극진히 보살펴주고 희생한 몰리나를 결국 사랑하게 된다. 그리고 비정치적이었던 몰리나 역시 그런 발렌틴을 위해 출옥 후 게릴라와 접선을 한다. 그(녀)의 정치의식이 아니라 발렌틴에 대한 사랑이 그(녀)를 그렇게 이끌었다. 한 명은 간호하고 한 명은 간호 받으며 각자의 결여를 견뎠고, 견뎌낸 결여를 통해 그들은 사랑했다.

　〈해피투게더〉와 《거미여인의 키스》, 두 이야기의 공통점이 동성애를 다룬다는 점과 아르헨티나가 배경이라는 것만은 아니다. 그보다 더 의미 있는 공통점은 사랑은 결여를 채워주고, 서로의 결여를 알아가는 과정에서 신비롭게 발휘된다는 점이다. 남자친구(또는 여자친구)에 대한 고민을 다른 (이성) 친구에게 토로하다 막상 그들이 친해지는 경우나, 아플 때 챙겨주면서 가까워진 경우나, 혹은 한 잔의 술로 자신의 어떤 약점(일종의 결여)을 상대에게 털어놓고 친해지는 경우가 있다. 사랑하는 사람에겐 위로를 받고 싶은 마음과 함께, 어떤 결여를 감싸주고 싶은 마음이 함께 생긴다. 술을 마시고 취한 채 자신이 가진 무엇인가를 잔뜩 늘어놓는 사람을 우리는 진정 사랑할 수 있을까. 누군가를 진정 사랑한다고 느끼게 하는 신비로운 힘은, 내가 상대의 결여를 알아보고 상대가 나의 결여를 알아볼 때 생긴다.

> 우리가 무엇을 갖고 있지 않은지가 중요한 것이 사랑의 세계다. 나의 '없음'과 너의 '없음'이 서로를 알아볼 때, 우리 사이에는 격렬하지 않지만 무언가 고요하고 단호한 일이 일어난다. 함께 있을 때만 견뎌지는 결여가 있는데, 없음은 더 이상 없어질 수 없으므로, 나는 너를 떠날 필요가 없을 것이다.
>
> — 신형철, 《정확한 사랑의 실험》, 마음산책, p.26

'함께 있을 때 견뎌지는 결여'라는 말이, 단지 없는 자들이 서로 건네는 위안이나 연민을 의미하는 것만은 아닐 것이다. 오히려 서로의 결여 그것 때문에 사랑할 수 있다는 의미가 아닐까. 아휘가 사랑한 건 보영의 결여, 결여였던 보영이었을 것이다.

내가 무엇인가를 가졌고 그것을 당신이 사랑하는 것이라면, (흙의 형태가 되든 재의 형태가 되든, 삶이 결국 잠시 가진 것들을 천천히 내어놓는 과정이라면) 언젠가 당신은 나를 사랑하지 않게 된다. 하지만 나의 결여를 당신이 사랑한다면, 가지고 있지 않은 것은 없어질 수 없으므로 당신은 여전히 나를 사랑할 수 있다. 당신의 결여를 사랑한, 나 역시 당신의 결여는 더 이상 없어질 수 없으므로 당신을 떠날 필요가 없다.

왕가위, 〈해피투게더〉, 1997

시끄러운 음악이 흐르는 바에서, 같이 일했던 친구 장(장첸)이 아휘에게 (마치 인증샷처

럼) 목소리를 남겨 달라며 녹음기를 건네는 장면. 장이 춤추러 나간 사이 아휘는 녹음

기에 무슨 말인가 하려다 말고, 주체할 수 없는 감정에 울기만 한다. 번다한 음악과

조명 속에서 아휘는 고립된 섬처럼 울고, 그 울음은 녹음기에 고스란히 담긴다. 아무

말도 할 수 없는 것, 어떤 말로도 해명되지 않는 것, 다 털어놓을 수 없는 것, 끝내 울

음으로 끝내는 것, 그리고 결여된 자가 서로의 충족이 아닌 서로의 결여를 알아보는

것, 그것이 사랑인지도 모른다.

사랑은 왜 아플까

– 나의 아픔과 너의 아픔이 만날 때

:
:
:

[

연애 감정이란
서로가 상대방을 오해하는 데서 생겨나는 것

–오스카 와일드

]

'사랑하는 것만큼 사랑받지 못한다.' (롤랑 바르트) 여기서 항상 문제는 시작된다. 내가 사랑하는 만큼 그는 나를 사랑하지 않는 것. 또는 그렇다고 내가 생각하는 것. 물론 스탕달이 바르트보다 먼저 이야기했다. 애인 사이에서는 언제나 한쪽이 다른 한쪽을 더 사랑하게 된다는 것에 대하여.

누군가를 사랑하는 것은 우선 희생적이고 헌신적인 일이다. 그를 위한 나의 크고 작은 번거로움이나 희생이 큰 문제가 되지 않는 것은 단지 (다른 이유 없이) 사랑하기 때문이다. '왜 그렇게까지 하는데'라고 누군가가 묻는다면, 나는 '사랑하니까'라고 대답할 길밖에 없다. 그런데 좀 더 솔직하게 내 안을 응시하고 대답한다면, 이렇게 대답해야 마땅하다.

사랑하는 것만큼 사랑받고 싶어서.

한없이 주었던 나의 사랑은, 사실 그만큼 사랑받고 싶어서였다. 하지만 세상 모든 것의 그러하듯, 사랑 또한 완벽하게 공정하고 호혜적이지 않다. 내가 주는 만큼 정확히 그가 내게 주는 것은 아니다. 내 사랑이 그에게 남아넘치는 것 같고 그의 사랑은 내게 언제나 부족하다. 때론 그녀의 사랑은 내게 가득 차 넘칠 것 같은데, 그녀는 내가 주는 사랑을 언제나 부족해한다.

사랑하는 사람이기에 그를 위해서 그녀는 언제든 시간을 낼 수 있다. 아니, 어떻게든 시간을 낼 수 있다. 그가 '오늘 볼까?'라고 갑자기 통보해 와도 그녀는 다른 약속을 취소하고 그를 만난다. 기꺼이. 그는 그런 그녀가 좋지만 점점 그런 그녀에게 긴장감이 없어진다. 언제든 만나고 싶을 때 만날 수 있는, 곁에 두고 싶을 때 언제든 곁에 둘 수 있는 존재니까. 언제나 곁에 있는 것은 욕망하지 않는다. 욕망이 결핍에서 시작된다면 그녀의 헌신은 그의 욕망을 좌절시킨다. 결국, 주고받는 것에 따라 사랑에서 (의도하지는 않았지만) 힘의 관계가 형성된다. 그런데 이 권력의 관계에서 (희한하게) 내가 상대방에게 무엇인가를 '더'할 때보다 '덜'할 때 상대보다 더 강해지는 경향이 있다. 내가 연락을 덜 하거나, 덜 표현하거나, 덜 선물하거나, 덜 못 만난다고 말하면, 상대방은 내게 연락을 더 하거나, 더 표현하건, 더 선물하거나, 더 만나자고 말한다.

완벽하게 동시적이고 호혜적인 사랑이나 한쪽만 절대 권력을 가진 사랑은 가능하지 않다. 가령 그녀는 그를 사랑해서, 그리고 받지 않고 주는 것만으로도 너무 행복해서 그에게 끊임없이 헌신하지만 과연 언제까지 그것이 가능할까. 그녀의 헌신 게이지가 차곡차곡 오른다는 것은 주는 만큼 받지 못하는 아쉬움이 커진다는 의미이다. 그것은 불만의 게이지도 조금씩 쌓이는 것이기도 하다. 그 역시 그저 좋던 그녀의 헌신적이고 아낌없는 사랑이 어느 순간부터 부담이 된다. 받은 만큼 돌려줘야 하니까. 사랑은 빚지는 일인지 모르니까. 혹은 연체된 세금일지도 모르니까. 언젠가 그녀는 각종 증빙서류를 들고 채권자가 되어 그에게 귀환할 것이다. 그래서 그는 (인지하지 못했을지라도) 그녀의 사랑이 때론 (조건 없이) 선뜻 거금을 빌려주는 대부회사처럼 부담스러웠던 것이다.

폴 델보, 구원, 1938

내 모든 것을 내던지고 당신에게 다가서는 나의 사랑. 내 감정도 내 마음도 모두 벗고 당신에게 다가가지만, 그럴수록 당신은 내게서 뒷걸음질 친다. 더 많이 사랑할수록 더 많이 물러서는 사랑의 역설.

마더 테레사의 사랑이 아닌 이상, 사랑은 일종의 빚이다. 주면 받아야 하고 받으면 줘야 하는 것. 사랑을 아낌없이 주고받는 무엇이라고 생각하면서도 우리는 자신도 모르게 이미 계산을 하고 있다. 한없이 주면 한없이 받기만 하는 그가 밉고, 한없이 받으면 한없이 주는 그가 부담스럽다. 내가 다가서면 그녀는 물러나고 그녀가 다가오면 나는 물러난다. 조금 주면 많이 원하고 많이 주면 조금 원한다. 밀면 당기고 당기면 민다. 이게 꼭 나쁜 일은 아니다. 팽팽하게 당겨지기만 하는 줄은 곧 끊어질 테니까. 수평이 된 시소는 (시소게임 본연의 즐거움을 느끼지 못하는) 공허한 놀이가 될 테니까. 누르면 내려갔다 다시 올라가고, 밀면 밀렸다 다시 튕겨야 한다. 그게 살아 있는 모든 것의 속성이다. 사랑은 밀고 당김과 결핍과 충족의 끝없는 반복이다. 《향연》에서 디오티마는 소크라테스에게 그런 사랑의 속성에 대해 다음과 같이 이야기했다.

'그런데 그는(에로스) 어떤 아버지와 어머니에게서 나왔나요?' 내가 말했네.

'(…) 아프로디테가 태어났을 때 신들이 잔치를 열었는데, 다른 신들도 있었지만 메티스(계책, 꾀, 고안)의 아들 포로스(방도, 수단)도 있었지요. 그런데 그들이 식사를 마쳤을 때, 잔치가 벌어지면 으레 그러듯 구걸하러 페니아(가난, 곤궁, 궁핍)가 와서는 문가에 있었습니다. 그런데 포로스가 넥타르에 취해(술은 아직 없었거든요) 제우스의 정원에 들어가서 취기에 짓눌려 잠이 들게 되었지요. 그러자 페니아가 자신의 방도 없음 때문에 포로스에게서 아이를 만들어 낼 작정을 세우고 그의 곁에 동침하여 에로스를 임신하게 되었답니다. 그래서 에로스는 아프로디테의 추종자요 심복이 되었지요. 그녀의 생일날 생겨났고 게다가 본래부터 아름다운 것에 관해 사랑하는 자인데 아프로디테가 아름다웠기 때문입니다.

그런데 포로스와 페니아의 아들이었기 때문에 에로스는 다음과 같은 운명에 처하게 되었답니다. (…) 어머니의 본성을 가지고 있어서 늘 결핍과 함께 삽니다. 그런가 하면 또 아버지를 닮아서 아름다운 것들과 좋은 것들을 얻을 계책을 꾸밉니다. (…) 사리분별을 욕망하고 그걸 얻을 기략이 풍부합니다.'

– 플라톤, 《향연》, 이제이북스, pp.127-128

포로스(방도, 수단)를 아버지로 둔 에로스(사랑)는 무엇이든 얻으려 하는 계책과 수단이 뛰어나기 때문에 풍부하고 충만하다. 동시에 페니아(곤궁, 궁핍)를 어머니로 둔 그는 굶주려 있고 결핍되어 있다. 많이 주는 것 같은데 적게 받는 것 같고 적게 주는 것 같은데 많이 얻는 것 같은 나와 당신의 사랑. 그러니까 우리 사랑의 기원은 결핍과 충족, 존재와 부재, 밀고 당김에서 이미 시작되었던 것. 우리는 사랑 때문에 가장 충만하고 가장 행복할 수 있지만 동시에 우리는 가장 헐벗고 가장 아플 수도 있는 것이다.

그러한 주고받음, 다른 말로 밀고 당김은 '살아있음'/'사랑 있음'을 보여준다. 사랑을 하면 한쪽은 밀고 한쪽은 당기고, 누군가 내려가면 누군가는 올라가야 한다. 그러니까 때론 오해하고 때론 이해하는 우리의 그런 불균형 때문에, 사랑하면 우리는 어느 순간 아플 수밖에 없다. 사랑은 영원한 승자도 패자도 없다. 때론 승자가 패자가 되고 패자가 승자가 되며 즐거워하고 아파하는 게임이기 때문이다. 움직임이 없는 줄다리기와 시소가 없듯 아픔이 없는 사랑도 없다. 그래서 누군가는 그 아픔이 두려워서 애초에 줄을 잡지도 시소에 올라타지도 않는다. 때로 우리는 균형 없는, 이 불평등한 일을 두려워하고 귀찮아하며 회피한다. 하지만 밀고 당기는, 충만하고 결핍되는 감정의 역학이 없으면 우리에겐 더 이상 '사랑 있지' 않은 것이며, 그것은 동시에 '살아 있지' 않은 것이다.

사랑은 나의 균형과 당신의 균형을 통해서 계획적으로 균형을 잡는 일이라기보다, 나의 불균형과 당신의 불균형, 이 두 불균형이 만나 섬세하게 균형을 잡아가는 일이지 않을까. 이 말을 다르게 번역하면, 사랑은 나의 오해와 당신의 오해가 어떤 아픔을 통해서 나의 이해와 당신의 이해가 되어가는 변증법적 과정이라고 말할 수 있을까. 그 변증법으로 나의 아픔과 당신의 아픔이 우리의 사랑을 만들어 간다. 그래서 우리는 사랑의 아픔을 이미 알지만, 그 아픔을 기꺼이 사랑하기 때문에, 아직 살아있는 우리는 다시 사랑할 수 있다.

사소한, 당신

─사소하고 하찮은 것들이 소중해지는 일

. . . . .

$$\Bigg[\quad \text{사소한 일이 우리를 위로한다.} \\ \text{사소한 일이 우리를 괴롭히기 때문에} \\ \text{─블레즈 파스칼} \quad \Bigg]$$

싸우지 않고 사랑하면 좋겠지만, 도무지 싸우지 않고 사랑할 수 없다. '결혼을 하고 나면 대수롭지 않은 디테일이란 건 더 이상 존재하지 않는다'는 알랭 드 보통의 말이 비단 결혼 생활에 국한되는 것은 아니다. (결혼과 상관없이) 사랑하는 사람에게 있어서 사소한 디테일은, 즉 중요하지 않은 디테일은 없다. 그래서 사랑하는 사람은 별것 아닌 일로 별것 아닌 일처럼 싸운다.

친구와 잘 싸우지 않는 내가 연인과 그토록 싸우는 것은 친구가 성격 좋고 내가 이해심이 많아서가 아니다. 연인과 나 사이의 디테일이 친구와 나 사이의 디테일보다 더 민감하고 중요하게 다가오기 때문이다. 연인은 기후변화와 원자력 문제, 혹은 팔레스타인 문제 때문에 싸우기보다, 왜 아까 그런 표정을 지었는지, 왜 친구들에게 그런 말을 했는지(혹은 안 했는지), 왜 그런(사소한) 일을 내게 말하지 않았는지, 왜 손에 가시가 박혔는데 신경 써주지 않는지, 왜 내가 메시지 두 번 보낼 동안 한 번만 보내는지, 왜 나보다 사랑한다는 말을, 또는 애정 표현을 덜 하는지, 왜 밥을 먹기로 해놓고 차를 마시자고 한 건지, 왜 약속은 항상 나만 먼저 잡는지, 어떻게 기념일을 잊을 수 있는지, 양말은 왜 아무 데나 벗어두는지, 왜 어지르는 사람 치우는 사람 따로 있는지, 왜 싱크대에 그릇이 쌓이도록 방치하는지, 왜 화장실 타일에 물때가 끼도록 방치하는지, 왜 자다가 다른 사람 이름을 부르는지, 왜 도대체 왜. 우리는 대개 사소한 표정과 행동, 사소한 말 한마디, 사소한 일과 상황으로 싸우고 상처받는다.

그런데 사소한 것으로 싸웠다고 해서, 싸움의 양상과 결과마저 사소한 것은 아니다. 사랑하는 사람은 여느 인간관계였다면 주지 않을 심한 상처와 모욕을 주기도 한다. 물론 사랑하는 사람에 대한 기대가 컸기 때문에 상처도, 모욕도, 경멸도 더 커지는 것이라고 우리는 말한다. 기대가 크면 실망도 커지는 법이니까. 하지만 그토록 사랑하는 사람을, 더구나 과거 시제가 아닌 현재 시제로 사랑하는 사람에게 어떻게 그럴 수 있을까. 도대체 우리 '사랑'에 무슨 일이 벌어진 것일까. 그리고 종내 이런 생각마저 든다. 우리는 정말 사랑했던 것일까. 우리 사이에 있었던 사랑마저도 없어지는 이 놀라운 사태를 단지 기대가 크니 실망도 크다는 식으로만 설명할 수 있을까. 혹시 사소한 것은 사소한 것이 아니지 않았을까. 그러니까 사소하다고 여겨지는 그것들이 사실은 가장 중요한 것들이 아니었을까.

니체는《이 사람을 보라》에서 굉장한 자화자찬을 늘어놓고 있다. 물론 그의 말하기 방식은 어떤 익살에 기대고 있다. 그는 자신의 작품 중에서《차라투스트라는 이렇게 말했다》가 가장 독보적이며, 이 책으로 자신이 인류에게 지금까지 주어진 그 어떤 선물보다 가장 큰 선물을 주었다고 말한다. 더불어 수천 년간을 퍼져나갈 목소리를 지닌 이 책은 존재하는 것 중 최고의 책이라고 자찬한다 (농담 같은 말투지만 사실 그의 책은 그의 말과 다르지 않게 되었다). 더 재미있는 것은《이 사람을 보라》차례의 제목이다.

1. 나는 왜 이렇게 현명한지
2. 나는 왜 이렇게 영리한지
3. 나는 왜 이렇게 좋은 책들을 쓰는지

만약 니체가 아니라면 그저 장난으로 여겨졌을 제목들이다. 그런데 막상 거창한 자찬의 '차례'와 달리, 책 내용은 자신이 머문 장소와 풍토에 대해, 영양 섭취에 대해, 휴양과 음악 등 대해, 소소한 것들, 혹은 사소한 것들에 대해 이야기한다. 앞에서 자신이 그렇게 위대하다고 해놓고 막상 그는 왜 이런 사소한 것들을 이야기하는 것일까. 니체는 이렇게 말한다.

왜 일반적으로는 별로 중요하지 않다고 평가되는 그 모든 사소한 사항들에 대해 내가 이야기했는지 ; 그런 이야기를 하면서 내가 나 자신에게 해를 입히지는 않는지, 위대한 과제를 제시하기로 내가 운명지어져 있다면 그런 이야기가 더욱 해를 입히지 않는지라는 질문이 던져질 것이다. 그에 대한 대답 : 그 사소한 사항들은 - 영양 섭취, 장소, 풍토, 휴양, 이기심의 결의론 전부는 - 이제껏 중요하다고 받아들여졌던 모든 것보다 상상을 초월할 정도로 중요하다. 여기서 바로 다시 배우는 일이 시작되어야 한다.

– 프리드리히 니체, 《바그너의 경우, 우상의 황혼, 안티크리스트,

이 사람을 보라, 디오니소스 송가, 니체 대 바그너 》, 책세상, p.371

니체는 위대한 자신이 괜한 손해를 보면서까지 이런 사소한 것들에 대해 말하는 진정한 이유가 무엇이겠냐고 말한다. 니체의 말하기 방식은, 지금까지 우리가 너무 사소한 것들을 폄하하고, 거창한 것들만 그러나 알맹이 없는 것들을 가르치고 이야기해왔다는 것에 대한 반성적 태도에서 나온 일종의 전략이다. 그러니까 "(사소한 것은) 이제껏 중요하다고 받아들여졌던 모든 것보다 상상을 초월할 정도로 중요하다. 여기서 바로 다시 배우는 일이 시작되어야 한다"는 것을 니체는 강조하고 싶었던 것이다.

사는 것에 있어서 사소한 것들이 단지 사소한 것들이 아니듯, 사랑에 있어서도 사소한 것들은 사실 사소한 것들이 아니었다. 다만 사소하

다고 여겨지는 것일 뿐. 사소하게 여겨진다고 그것들의 가치마저 사소해지는 것은 아니다. "왜 별것도 아닌 것 가지고 그래"라고 단정적으로 말하는 것은 사태를 사소하게 여기는 태도일 뿐이지 그 일 자체가 하찮아지는 것은 아니다. 그리고 '별것 아니라'는 말로, 이미 자신은 '별것 아닌 것'에 연연하지 않는 의연한 사람으로 고양시키고, '별것 아닌 것'으로 화난 상대방을 별것 아닌 것에 흥분하는 사람, 속 좁은 사람으로 추락시킨다.

사소한 것들은 정말 사소한 것들일까. 상대의 말을 끝까지 경청하지 않은 사소한 태도가 매번 반복된다면 그것은 그저 사소한 일은 아닐 것이다. 사소하게 아무 데나 양말을 벗어두는 행위가 매일 반복된다면 그것이 그저 사소한 일은 아니다. 고민해서 차린 저녁 식탁을 연락 없이 친구들의 모임으로 외면하는 일은 남북정상회담 무산만큼이나 사소한 일이 아닐 수 있다. 그렇다. 사소하다고 여겨지는 어떤 일로 사랑하는 사람이 슬퍼한다면, 그것은 이미 사소한 일이 아닌 것이다.

서로에게 사소하게 여겨지는 작은 것들을 하나하나 조심하자는, 그래서 완벽한 커플이 되자는 것이 아니다. 다만, "왜 아무것도 아닌 일로 그래!"라든지, "별것도 아닌 일로 왜 그러는지 알 수가 없네"라며, 사태를 사소하게만 여기는 것에 대한 어떤 태도를 말하고 싶은 것이다. 흔하고 반복적이고 일상적이라는 이유로 그것은 사소한 것이고, 사소한 것이라는 이유로 하찮게 여기는 우리의 태도에 대해 말이다.

앙리 루소, 카니발의 밤, 1886

우리가 항상 마주하는 것들, 해, 달, 구름, 별, 바람, 나무… 그리고 당신. 이 흔하고
반복적인 것들. 세상에서 이보다 더 흔하고 사소하게 생각되는 것들이 있을까. 그런
데 사실, 흔하고 반복적이라는 이유로 사소하게 여겨졌던 것은 아닐까. 그리고 종내
하찮은 것으로 취급당하는 것은 아닐까. 하지만 우리는 알고 있다. 해, 달, 별, 바람…
그리고 당신, 이 사소한 것들이 사실은 가장 소중한 것이라는 것을. 중요한 것은 우
리가 사소한 것을 사소하게 여기지 않는 태도에 있다는 사실을.

니체의 말처럼 '사소한 것들이 상상을 초월할 정도로 중요하다'는 생각으로 사소한 일들을 대하면 우리의 사랑에는 어떤 변화가 일어날까. 만약 아스팔트에 떨어진 한 송이 꽃을 보고 우는 그녀를 이해할 수 있다면, 친구들 앞에서 내 작은 말실수가 그에게 큰 상처가 될 수도 있음을 이해한다면, 그녀가 세 시간 동안 만든 도시락을 아무 말 없이 먹는 일이 조금은 섭섭할 수 있음을 이해한다면, 미역국이 무엇을 의미하는지 모르는 아침 식사가 때론 우울할 수 있음을 이해한다면, 받고 싶은 건 모피 코트나 반지가 아니라 당신의 수줍은 포옹임을 이해할 수 있다면, 그리고 그것이 그리 사소한 것이 아님을 이해할 수 있다면, 사소한 것들로 이루어진 우리의 사랑이, 사소한 것들로 이루어진 소중한 사건이라는 것을 그제야 알게 된다. 사소한 당신을 사소함으로 불러보는 일, 그리고 그 사소함을 상상을 초월할 정도로 소중하게 생각하는 일. 니체의 말처럼, 여기서 다시 배우는 일이 시작되어야 한다.

당신에 대한, 내 모든 두려움
- 질투라는 감정

질투하는 사람으로서의 나는 네 번 괴로워하는 셈이다.
질투하기 때문에 괴로워하며,
질투한다는 사실에 대해 자신을 비난하기 때문에 괴로워하며,
내 질투가 그 사람을 아프게 할까 봐 괴로워하며,
통속적인 것의 노예가 된 자신에 대해 괴로워한다.
－롤랑 바르트, 《사랑의 단상》, 동문선, p.213

질투(嫉妬). "부부 사이나 사랑하는 이성(異性) 사이에서 상대되는 이성이 다른 이성을 좋아할 경우에 지나치게 시기함."
－〈국어사전〉

질투(JALOUSIE). "사랑에서 시작되어 사랑하는 이가 다른 사람을 더 좋아할지도 모른다는 두려움 때문에 야기되는 감정."
－〈리트레 사전〉

국어사전에서 '질투'는 시기의 감정으로 설명하고 (바르트의 책 《사랑의 단상》에서 재인용한) 리트레 사전에서 '질투'는 두려움 때문에 야기되는 감정으로 설명한다. 두 설명 모두 타당하지만 '질투'라는 감정의 근원에 조금 더 가닿는 설명은 리트레 사전이다. 우리가 질투의 감정을 느낄 때 그것은 우선 시기(猜忌)의 감정에서 출발하지만 그 시기의 감정이 도달하는 지점은 결국 두려움이기 때문이다.

무엇인가를 함께 나누고 함께 가지고자 하는 것, 그것은 우리가 가장 바라는 삶의 태도 중에 하나다. 모든 것들을 함께 나누고 함께 공유하는 평화로운 세상. 존 레넌도 함께 나누는 세상을 '상상'하며 노래를 불렀다. 한때 사랑도 예외는 아니었다. 서구의 1960~1970년대 비트 세대의 대항문화, 특히 히피문화에서 성에 대한 개방적인 태도는 '사적 소유'에 대한 경계가 사랑의 영역까지 해당되었음 보여주는 대표적인 사례다. 소유한다는 것은 탐욕적인 것이고, 그런 의미에서 누군가의 사랑을 누군가만 소유한다면 그것 역시 탐욕적인 것이었다. 그들은 '성 해방'을 지향했고 일부일처제와 같은 지배적 가치와 제도는 그들에게 극복하거나 거부해야 할 대상이었다. '사랑(연정, 성애)'마저 함께 나누기를 꿈꾸었다. 하지만 그건 불가능한 꿈이었다. 우엘벡의 소설 《소립자》의 주인공 브뤼노는 이렇게 말한다.

성적인 욕망은 주로 젊은 육체를 지향한다. 따라서 성의 해방이 진전될수록 유혹의 장(場)에서 아주 젊은 여자들이 득세하는 것은 당연

한 일이었다. 따지고 보면 그것은 욕망의 진실로 회귀한 것일 뿐이다

"요컨대 성적인 공산주의는 존재한 적이 없었고, 단지 유혹 체계가

확대되었을 뿐이군요."

"그런 셈이야… 유혹이야 어느 시대에나 있었던 거니까 그게 조금 확

대되었다고 해방이라고 말할 수 없지."

– 미셸 우엘벡, 《소립자》, 열린책들, p.116. 150

볼품없는 외모와 소극적인 성격 때문에, 그리고 어린 시절의 여러 상처 때문에 여성과 적극적으로 사랑을 하지 못하는 주인공 브뤼노. 그는 사랑하기 위해 또 사랑받기 위해 애를 쓰지만, 결국 많은 사랑을 차지하는 사람은 따로 있다고 생각한다. 브뤼노의 부모 세대, 특히 그의 어머니는 히피문화의 수혜 속에서 자유롭게 사랑하고 자유롭게 연애했지만, 막상 그 자유로움(해방)의 결과로 태어난 그녀의 자식, 주인공 브뤼노와 그의 동생은 버려졌고 자유롭게 사랑하지 못했다.

쥘과 짐, 그리고 카트린의 사랑. 그들의 사랑은 아름답지만 실패했다. 그 실패가 가치 없는 일은 아니었다. 하지만 사랑(연정)을 함께 나누는 사랑(연정)의 연대란 사실 불가능한 일이었다. 사랑의 유토피아는 현실에서 실현되지 못했다. 어디에도 없는 곳이라는 '유토피아'란 말의 어원처럼 사랑과 성의 해방은 불가능한 해방이었고 우리는 그래서 여전히 사랑하고, 질투하고, 두려워한다.

사랑과 성의 해방을 아무리 주장해도 결국 사랑과 성을 차지할 수 사람은 따로 있었던 것이라고 브뤼노는 냉소적으로 이야기한다. 젊고 예쁜 한때의 사람들에게만 사랑과 성은 해방되었던 것. 그렇지 못한 많은 사람에게 사랑과 성은 여전히 불평등하고 소외되는 무엇이었던 것이다.

사랑(연정)과 성을 공유(해방)하고자 했던 한때의 꿈은 정말 한때의 꿈이었다. 애초에 함께 나누기 힘든 것을 나누고자 했다. 사랑하는 사람은 내가 독점하고 싶은 존재다. 그/그녀는 다른 사람과 공유하며 사랑하고 싶은 대상이 아닌 것이다. 세상의 모든 독점 중 유일하게 타당한 독점이 있다면 그것은 사랑하는 사람에 대한 독점이다.

하지만 독점에서 생기는 질투의 감정과 소유의 감정은 구분되어야 한다. 질투가 다른 사람이 내 연인을 사랑하지 못하게 하는, 그래서 사랑하는 사람이 나만을 사랑하기 바라는 마음에서 생기는 감정이라면, 소유에는 내 연인과 관련된 모든 것을 마음대로 처분하겠다는 의미가 담겨 있다. 가령, 사랑하는 사람을 오로지 내 소유(물)라고 생각한다면 그 사람을 다른 사람에게 선물할 수 있고 상속할 수도 있다. 실제로 고대사회나 원시부족사회에서 부인은 증여나 상속의 대상이었다. 이를테면, 어느 부족(몽골이나 알래스카 등)이 손님이 오면 아내를 잠자리의 선물로 제공한다는 이야기는 (광대하지만 적은 인구 분포를 가지는 지역에서) 근친혼을 막고 우성 유전자를 받아들이고자 하는 진화론적인 태도거나, 가장 아끼는 물건을 상대에게 선물하는 어떤 경제적인 태도일 수는 있어도, 사랑이나 성 해방의 정신과는 무관한 태도다. 오히려 그것은 가장 극대화된 소유의 표현이다. 그녀라는 존재가 단지 내 것, 내 소유의 사물이기에 선물할 수 있었던 것.

그러니까 질투의 감정은 사랑하는 사람이라면 가질 수 있는 지당한 감정이지만 그 감정을 소유의 감정으로 착각하지 말아야 한다. 당신이 나만을 사랑하고 나만을 연정의 대상으로 생각해 주기를 바라는 마음은, 당신을 사랑한다면 자연스러운 감정이다. 그리고 그렇지 못할 때 나는 불안하고 괴롭다. 하지만 소유의 감정에서 나타나는 태도는 질투의 감정에서 나타나는 태도와 다르다. 소유에서 생기는 감정은 불안과 아픔보단 증오의 감정이다. 이 증오의 감정은 내 사적 소유물이 주인의 뜻을 따르지 않을 때 생기는 불쾌감과 다르지 않다. 그래서 마음대로 가지거나 처분할 수 없는 소유물에게 화가 나고 끝내 그 분노는 어떤 파국으로 치닫는다. 가끔 미디어에 보도되는 치정 사건은 사랑, 질투, 소유 등의 각기 다른 결을 섬세하게 구분하지 못하는 태도에서 비롯된 결과이다.

사랑하는 사람들의 흔한 착각은 소유를 사랑이라고 생각하는 것. 그렇다. 우리는 여태 소유와 질투를 혼동하고 있었던 것이다. 당신은 단지 내 사적 소유물이기에 당신을 내 권한으로 행사할 수 있었던 것. 그래서 그녀가 만나는 사람을 제약하고 그녀의 귀가 시간을 제한하고 심지어 옷 입는 스타일, 헤어스타일, 말투까지도 제약/제한하거나 하고 싶었던 것. 그것은 사랑이라는 가면을 쓴 소유의 욕망이었던 것. 그래서 마음대로 소유하지 못했을 때, 불쾌하고 짜증 나고 분노했던 것이다.

질투는 소유가 아니었던 것. 소유는 사랑도 아니었던 것. 소유란 무엇을 가질 수 있는 권리인 동시에 그것을 처분할 수 있는 권리도 함께 갖는 것을 의미한다. 우리는 사랑하는 사람을 처분할 수 있는가. 당신은 당신의 사랑을 타인에게 양도할 수 있고 증여할 수 있는가. 만약 사랑하는 사람을, 그리고 타인이라는 존재를 내 뜻대로 처분할 수 없다면, 애초에 소유는 사랑과 아무 관련 없는 무엇이었던 셈이다.

하지만 질투는 분노나 시기와 다른 무엇이다. 질투는 리트레 사전의 정의처럼, 차라리 두려움이다. 당신이 다른 사람을 사랑할지도 모른다는 두려움. 나를 사랑하지 않을지도 모른다는 두려움. 나를 떠날지도 모른다는 두려움. 내가 어떻게 할 수 없다는 두려움. 아무것도 내 의지대로 할 수 없다는 두려움. 당신이 나만을 사랑해주기 바라는 두려움. 그리고 이 질투의 감정마저 당신에게 솔직히 털어놓을 수 없는 두려움. 사실, 질투는 이렇게 섬세하고 소극적이고 연한 마음이고 태도였던 것.

　　그래서 질투에 빠지면 혼돈스럽다. 초조하고 불안하다. 당신에게 질투의 감정이 생긴다는 것을 드러내고 싶지 않지만, 나는 당신이 다른 남자에게 건네는 작은 미소 하나에 가슴이 아프다. 당신이 다른 여자에게 베푸는 친절 때문에 당신이 밉다. 하지만 더 미운 건 그런 당신을 미워하는 나 자신이다. 그래서 사랑에 빠지고 질투에 빠진 나는 여러 번 미워하고, 여러 번 괴로워하며, 여러 번 두려워한다. 질투는 당신에 대한 내 모든 두려움이다.

우리는 이별을 위해 무엇을 했는가

─애도와 우울

⋮

> 나의 슬픔이 수렴되는 것,
> 일반화되는 것을 나는 참을 수가 없다.
> 그건 마치 사람들이
> 나의 슬픔을 훔쳐 가버리는 것 같아서다.
>
> ─롤랑 바르트, 《애도 일기》, 이순, p.81

　사랑이 있어야 이별이 가능하고 이별이 있어야 사랑이 가능하다. 사랑이 있어야 이별이 가능하다는 말은 이해하기 어렵지 않다. 사랑하지 않는 사람에게 이별하자고 말할 리 없으니 말이다. 사랑은 이별의 전제이다. 그런데 이별 또한 사랑의 전제다. 하지만 이때 이별은 제대로 된 이별을 의미한다. 제대로 된 이별은 다시 진정한 사랑을 가능하게 한다. 이때 제대로 된 이별이란 무엇을 의미하는 것일까. 프로이트는 자신의 논문 〈슬픔와 우울〉에서 이렇게 말했다.

　애도는 (…) 현실의 요구와 명령은 조금씩 조금씩, 많은 시간이 경과되고, 많은 에너지의 소비가 있고 난 뒤에 받아들여지게 되는 것이다.

(…) 슬픔의 작용이 완결된 뒤, 자아는 다시 자유롭게 되고 아무런 제약을 받지 않는 것도 사실이다.

우울은 상실이 일어난 것은 분명하지만 상실한 것이 무엇인지 분명히 알 수 없는 경우도 있을 수 있다. (…) 애도의 경우는 빈곤해지고 공허해지는 것이 세상이지만, 우울증의 경우는 바로 자아가 빈곤해지는 것이다.

    – 지그문트 프로이트, 《정신분석학의 근본 개념》, 열린책들, pp.246-247

    사랑하는 사람이 세상을 떠났을 때 우리는 슬픔에 빠진다. 그때 슬픔에 빠지는 두 가지 양상이 있는데 프로이트는 그것을 애도와 우울로 정의했다. 프로이트에게 애도는 부재인 그 사람과 관련된 기억을 떠올리며 일정 기간 슬퍼하고 숙고하는 것을 말한다. 그것이 장례식이나 초혼 의식 같은 의례적 방식이든, 깊은 슬픔의 숙려기간을 보내는 사적 방식이든, 이런 애도의 시간을 통해서 우린 죽음의 사태를 조금씩 인정하고 부재의 현실을 조금씩 받아들이게 된다. 말하자면 이제 세상에 없는 그와, 그와 함께했던 일들을 돌이켜 보는 것, 그 절망과 슬픔이라는 힘든 숙고의 시간을 거쳐 그와 그의 부재를 천천히 정리해나가는 일, 그것이 애도다. 그런 애도의 과정이 있어야 그를 따라 죽지 않을 수 있고 우리는 다시 살아갈 수 있다.

    하지만 우울은 죽음의 사태를 슬퍼하지만 슬픔에서 끝나지 않는다. 우울한 자는 상실한 사람에 대한 무의식적인 증오가 생긴다. 자신을 두고 세상을 먼저 떠난 그를 원망한다. 그리고 상대방과 자신을 무의식적으로 동일시한다. 때문에 부재한 자에 대한 분노가 자신에 대한 분노로 바뀌며 자신을 비하한다. (프로이트의 절묘한 표현처럼) 우울증에 빠진 자는 무엇을 상실했는지 늘 분명하지 않다. 물론 이 말은 누가 죽었는지 모른다는 의미가 아니다. 누구를 상실했는지 안다 하더라도 그 사람의 죽음(부재)를 통해서 정확히 '무엇을 상실했는지' 모른다고 프로이트는 말한 것이다. 그러니까 상실한 사람과 그 사람의 부재 때문에 상실된 것을 구별해야 하는데, 그 구별을 못 함으로써 진정한 애도(슬픔)를 방해하고 우울에 빠지게 된다는 것이다.

이별 역시 대상의 부재로 인해 생기는 감정이라는 면에서 죽은 자에 대해 느끼는 감정과 다르지 않다. 사랑하는 사람과 이별한 후 애도의 시간을 가지는 사람은 그 이별이 고통스러운 일임을 인정한다. 그리고 깊은 슬픔과 숙고의 시간을 가진다. 가령, 얼마간은 아무도 만나지 않을 수 있다. 소란스러운 거리에서 소리 내어 엉엉 울 수도 있다. 아니면 (외로움을 자처한) 여행을 떠날 수 있고, 멀고 긴 길을 외로이 걸을 수도 있다. 그리고 그와 함께했던 추억, 시간, 사진, 물건을 하나씩 정리해 간다. 급하지 않게. 이렇게 추스르는 시간을 갖는 것은 이별을 이별로 받아들이는 과정에서 가장 중요한 일이다. 그리고 우리는 그 깊고 긴 과정을 통과하고, (여전히 슬프지만) 다시 일상을 살아간다.

하지만 우울은 다르다. 우울에 빠진 자는 사랑하는 사람과의 이별을 인정하지 못한다. 이별했지만 아직 이별하지 않았다고 생각하며 떠난 그를 원망한다. 그리고 그 원망이 결국 그를 떠나보낸 내게 향한다. 때론, 애써 별일 아니라는 듯 친구들과 치즈케이크를 먹으며 이별의 사태를 농담으로 취급한다. 양손 가득 쇼핑을 하며 외면도 해본다. 하지만 특별한 일을 특별하지 않은 일처럼 꾸미는 일은 사실 그 일이 특별한 일이라는 것을 강조할 뿐이다. 그것은 이별을 대면하는 것이 아니라 외면하거나 도망치는 일이다. 그렇게 우울에 빠진 자는 이별이라는 사태를 이별 그 자체로 받아들이며 감정이 요구하는 대로 충분히 슬퍼하거나 숙고하지 않는다. 그저 자신에게 일어나지 말아야 할 일이 일어났다고 생각하며, 현실을 외면하고 만다.

가장 중요한 것은 우울에 빠진 자는 도대체 내가 무엇 때문에 슬퍼하는지 잘 모른다는 점이다. 물론 그와 헤어졌기 때문에 슬퍼한다고 생각한다. 그러나 프로이트의 지적처럼 '상실한 사람'과 '그 사람에게서 상실한 것'을 구분하지 못한다. 그러니까 우울한 자는 '그'와 이별해서 슬픈 것인지 그와 이별해서 '내가 혼자라는 사실'을 슬퍼하는 것인지 모른다. 또 '그'가 아닌 그와 했던 '내 사랑 자체'를 상실해서 슬픈 것인지, 그것도 아니면 이제 단지 내가 솔로라서 슬픈 것인지 잘 알지 못한다.

미야모토 테루의 《환상의 빛》은 길고 깊은 애도의 한 방식을 보여주는 소설이다. 서정적이고 쓸쓸한 문체가 돋보이는 이 소설에서 우리는 죽음과 슬픔을 마주하는 방식을 만날 수 있다. 25살의 아직 어린 신부 유미코는 어느 날 갑자기 남편의 자살 소식을 듣는다. 남편이 기차선로 한가운데를 걷고 있었는데, 기관사가 그를 봤을 때는 이미 어떻게 해

볼 도리가 없었다는 것이다. 자살이라고 밖에 설명할 길 없는 상황. 유미코는 그런 남편의 자살을 이해할 수 없었다. 이제 3살 된 아들을 둔 그가 자살할 이유는 없었다. 유미코는 남편이 어떤 설명도 남기지 않고, 아무 이유도 없이 돌연히 세상을 떠나리라고는 생각할 수 없었다. 설명되지 않는 죽음을 품은 채 유미코는 살아가야 했다. 원인을 알 수 없는 죽음은 그녀가 어떻게 절망해야 하는지, 어떻게 슬퍼해야 하는지조차 알 수 없게 했다. 그녀는 그 절망으로부터 도망치고 싶었다. 그리고 몇 년 후 그녀는 성급히 재혼한다.

> 왜 오크노토의 최북단에 있는 쇠락한 어촌으로 시집 갈 마음이 든 것인지, 저는 그때 자신의 마음을 확실히 알았습니다. 여덟 살이 되는 딸을 데리고 오쿠노토에서 일부러 맞선을 보기 위해 아마가사키까지 찾아온 세키구치 다미오라는 서른다섯 살의 남자에게 마음이 끌려서도 아니고, 공해에 찌든 연기와 사우나나 카바레의 네온사인이 가난 냄새를 풍기는 아파트를 에워싸고 있는 아마가사키라는 곳이 지겨워져서도 아니며, 아직 비린내가 가시지 않은 러브호텔의 시트를 갈아 까는 일이 힘들어서도 아니었습니다. 저는 당신이라는 사람이 따라다니는 풍경에서, 소리에서, 냄새에서 도망치고 싶었습니다. (…) 그때 한써 모자를 만나지 않았다면 저는 유이치를 안고 플랫폼을 뛰어내려갔을 것입니다.
>
> – 미야모토 테루, 《환상의 빛》, 바다출판사, p.40

어쩌면 그녀를 가장 힘들게 했던 것은 남편의 죽음 자체가 아니라 설명되지 않는 그의 죽음이었을지 모른다. 세상을 떠나며 남편은 자신의 모든 것을 거두고 떠나지 않았다. 그는 설명되지 않는 죽음과 풍경과 소리와 냄새를 남겨 두고 떠났다. 유미코는 남겨진 것들로부터 도망치고 싶었다. 재혼이든, 플랫폼 아래로 뛰어드는 것이든 상관없었다. 그런데 유미코는 마침 그때 억척스럽지만 열심히 살아가는 조선인 한씨를 만난다. 늘 무뚝뚝한 한씨가 그날따라 유미코에게 말을 걸어주었다. 한씨는 유미코가 재혼한다는 사실을 알고 격려해주었던 것. 그래서일까, 유미코의 마음에 알 수 없는 무엇인가 가득 밀려왔고 재혼할 남자가 기다리고 있는 작은 어촌 마을에 갈 수 있었다. 그녀는 성실하고 친절한 남편 덕에, 그리고 잘 따라주는 그의 딸 넉에 낯선 땅에 마음 편히 정착할 수 있었다.

해명의 울림에도, 바람소리에도, 멀리 바라다볼 뿐인 거친 바다에도, 뒤쪽에 있는 좀 높은 이시구로 산의 나뭇잎이 흔들리는 쓸쓸함에도, 그리고 그것들에 휩싸여 고요히 흩어져 있는 민가의 분위기에도 어느새 위화감을 느끼지 않게 되었습니다. 까마귀나 갈매기, 연기처럼 피어오르는 수많은 참새 떼, 비가 개면 어김없이 수평선에 걸쳐지는 커다란 무지개에도 저는 놀라지 않게 되었습니다.

– 미야모토 테루, 《환상의 빛》, 바다출판사, p.53

그렇게 모든 것이 다 해결된 것일까. 어느 날, 유미코는 이런저런 일을 처리하기 위해 마을 시내에 나갔다가 찻집에서 우연히 한 남자를 보게 된다. 그는 죽은 남편의 눈과 닮은 눈을 가지고 있는 사내였다. 그러니까 유미코는 그 사내로 남편이 강렬하게 환기된 것이다. 그들은 같은 버스를 탔고 남자가 내릴 때 유미코는 자신도 모르게 그를 따라 쫓아갔다. 정신을 차리고 보니 그는 어느새 사라졌고 그녀는 어선이 방치된 모래사장에 홀로 서 있었다. 적막한 그곳에서, 그녀는 어선에 기댄 채 오랫동안 겨울 바다를 바라보았다.

> 이제 아무래도 좋아, 행복 같은 건 바라지도 않아, 죽는다고 해도 좋아. 뿜어져 올랐다가 흩어져 날아가는 커다란 파도와 함께 그런 생각이 자꾸만 가슴속에서 일어났습니다. 저는 어린아이처럼 큰 소리로 울었습니다. 당신이 죽었다는 것을, 저는 그때 확실히 실감했던 것입니다. 아아, 당신은 얼마나 쓸쓸하고 불쌍한 사람이었을까요. 눈물과 흐느낌, 저는 얼굴을 찡그리면서 언제까지고 울었습니다. 대체 얼마나 거기서 울고 있었을까요.
> – 미야모토 테루, 《환상의 빛》, 바다출판사, p.60

　　유미코는 이제야 사랑하는 사람의 죽음을 인정하고 실감한 것이다. 설명되지 않는 죽음도, 사라지지 않는 상실도, 해명할 수 없는 슬픔도 이제 가슴에 제대로 담고 다시 살아갈 수 있게 된 것이다. 그렇게 그녀가 살아갈 수 있는 것은 그것들로부터 도망쳐서가 아니다. 어린아이 같은 그녀의 울음이, 검은 겨울 바다 앞에서 흐느낀 그녀의 울음이 없었더라면 아마 그녀는 여전히 해명되지 않은 죽음과 절망에서 벗어나지 못했을 것이다. 하지만 그녀는 상실과 절망과 슬픔을 대면했고, 깊이 울었다. 그리고 다시 살아갈 수 있었다.

에드바르트 뭉크, 울고있는 누드, 1913

이별해서 슬픈 것이라면 그 슬픔을 인정하고 드러내는 일은 가장 타당한 이별의 방식이다. 그와 함께 보냈던 시간과 추억을 성급히 외면하고 버리기보다 숙고의 시간을 갖고 다시 한 번 되새겨보는 것, 그래서 더 깊이 슬퍼해 보고 조금씩 정리해 나가는 것, 그것이 우리가 힘들지만 이별하면 해야 하는 일이다. 그런데 우리는 충분히 그런 애도의 기간을 가졌을까. 친구들과 한 잔의 술로, 친구들의 시답지 않은 위로 한마디로, 그리고 공허한 웃음으로 우리는 이별의 사태를 잠시 외면하려 했던 것은 아닐까. 성급히 소개팅을 받으며 손쉬운 만남으로 이별을 성급히 봉합하려 했던 것은 아닐까.

우리는 이별을 위해 발에 물집이 잡히도록 혼자 걸어 봤는가. 우리는 이별을 위해 심장이 터지도록 달려 봤는가. 우리는 이별을 위해 어린 아이처럼 울어 봤는가. 우리는 이별을 위해 길고 긴 편지를 써봤는가. 우리는 이별을 위해, 무엇을 했는가. 이별을 위해 우리가 숙고하며 무엇인가를 했을 때, 우리는 이별을 이별로 받아들이고 그를 잊는다. 이제, 깊은 고통과 환멸을 통해 성숙해진 우리는 전보다 더 성숙한 사랑을 맞을 준비를 한다. 그리고 우리는 다시 사랑한다. 그래서 제대로 이별하는 일은 제대로 사랑하는 일이다. 이별은 사랑의 다른 이름이니까.

이별의 목록

- '하루하루가 작별의 나날'

·
·
·
·

> 솜처럼 안개가 짙은 일요일 아침. 혼자다.
> 한 주 한 주가 이런 식으로 돌아가게 되리라는 걸 느낀다.
> 그러니까 이제 나는 그녀 없이
> 흘러가게 될 긴 날들의 행렬 앞에 서 있는 것이다.
>
> — 롤랑 바르트, 《애도 일기》, 이순, p.48

데이비드 실즈의 저서 《우리는 언젠가 죽는다》에 따르면, 세계에서 가장 오래 산 어느 프랑스 여성은 죽을 때 122세였다고 한다. 보통은 (보통이라고 이야기하면 사실 어색하지만) 사람은 아무리 장수해도 (일종의 보이지 않는 장벽이 있는 것인지) '115세'의 벽을 넘지 못한다고 한다. 이 소식에 의하면, 우리는 어떤 방법을 써도 125년 이상 지구에 머무를 수 없는 것은 확실하다. 물론 한국인의 평균 수명을 따지면 머무를 수 있는 시간은 그보다 훨씬 단축된다. 국가통계포털에 따르면 2014년 기준, 한국 남성의 기대수명은 78.99세, 여성은 85.48세이다. 꽤 길다면 길 수도 있는 시간이지만 지나온/지내온 시간을 생각하면 그 시간들이 그리 긴 시간만은 아니다. 그리고 아마 지금까지 그랬듯이 남은 시간도 빨리 갈 것이다.

세상에 '확실한 것'은 거의 없다고 봐도 무방하다. 확실해 '보이는' 것도 보는 것을 어떻게 보는가에 따라 달리 보이고 달리 생각하게 된다. 대부분의 확실함, 진실, 진리는 사실 믿음의 차원이지 그것이 모두에게 절대적으로 확실한 무엇은 아니다. 과학은 물론이고, 수학적 명제 또한 어떤 규약 속에서 확실한 것일 따름이다. 그 규약이 흔들리면 수학적 명제도 흔들린다. 눈앞에 있는 당신이라는 존재조차 확실한 것일까. 베이컨이 말했듯이 혹시 눈을 감으면 당신이라는 존재도 없어지는 것은 아닐까. 내가 눈을 감고 있을 때 당신의 존재를 무엇으로 증명할 수 있을까. 당신을 생각하는 '나'는 확실한 존재일까. 데카르트는 '생각하는 나'만큼은 의심할 수 없는 분명한 사실이라고 했다. 그러나 지젝은 오히려 '나는 내가 존재하지 않는 곳에서 생각한다'며, '코기토'는 현실적 개인의 '나'가 아닌 어떤 텅 빈 지점, 즉 주체는 공백이라고 말했다.

세계는 온통 불확실한 것 투성이다. 불확실성 속에서 우리는 살아간다. 인류의 문명화란 사실 불확실성의 세계를 확실성의 세계로 해석하고 싶은 욕망의 발현이었을지 모른다. 과학이 그랬고 역사학이 그랬고 철학이 그랬다. 어떤 법칙, 원리, 인과 등의 발견과 발명은 불확실한 것들이 산재한 세상에서 우리가 살아가는 나름의 대처 방법이었을 것이다. 그런데 어떤 철학적, 과학적, 학문적 근거를 들거나 연구를 하지 않더라도 명확하고 유일하게 우리가 쉽게 알 수 있는 확실한 사실 하나가 있다. 그것은 우리 모두 죽는다는 것. 이 명제 앞에서 누구도 예외일 수 없다. 물론 죽는다는 것도 어떻게 정의하는가에 따라서 달라질 수 있다. 만약 나의 DNA와 유전정보가 (어떤 방식이든) 후세에 전달된다면 나는 아직 죽지 않은 것일 수도 있다. 내가 쓴 글이나 내가 만든 작품이 후대에 남는다면 그것 역시 내 정신과 어떤 행위가 담긴 그 사물이 지속되는 동안, 나는 죽지 않은 것일 수도 있다. 하지만 유전자나 그 사물(작품, 건물 등)에 한 개체의 일부가 담겨있을 수는 있어도 그것이 곧 그 개체는 아니다. 내가 전한 유전자는 (그것이 자식의 형태든 배양액의 형태든) 남을지라도 나라는 개체, 내 몸과 마음, 그리고 내 감각은 어느 시간/순간이 되면 더 이상 이 땅에 머물 수 없다. 그리고 누군가는 그런 나를 더는 감각할 수 없다. 그 개체의 사라짐이 죽음이라면 죽음은 우리에게 유일한 진실/진리다. 이 깃은 슬픔일까 위안일까. 아니면 슬픔이면서 위안일까.

에드바르트 뭉크, 이별, 1900

남자의 어두운 얼굴만큼이나 그의 표정이 어둡다. 그런데 핏빛 가득한 손은 떠나는 그녀만큼 환하다. 날이 어두워지고 보랏빛 대지가 저물어간다. 긴 강물처럼 그녀도 흘러가듯 떠나간다. 흐르지 않는 강물이 없듯, 어두워지지 않는 하늘이 없듯, 그들은 오늘도 작별하며 하루를 보낸다. 그리고 수많은 이별 위에 또 하나의 목록을 적어 간다.

알랭 레몽의 자전적 소설《하루하루가 작별의 나날》의 주인공 '나'는 어린 시절에 떠나온 집을 생각하며 과거를 회상한다. 그 집에는 이제 다른 사람들이 살고 있다. 그가 추억하는 어린 시절은 아름다웠다. 추위도 가난도 궁색함도 모두 아름다웠다. 많은 형제가 있었고 부모님이 계셨다. 좁지만 작은 집과 마당이 있었고 보잘것없는 마을이지만 남들은 모르는 비밀의 숲이 있었다. 가족들이 둘러앉은 식탁엔 즐거운 이야기가 있었다.

소설 1부에서 즐겁고 아름다운 순간들에 대한 회상은 우울하고 슬픈 2부를 위한 하나의 긴 수식이었을까. '나'는 아버지와 어머니가 한 번도 서로 사랑하지 않았다는 것을 알게 된다. 사실 아버지는 폭력적인 사람이었던 것. 그런 아버지가 가장 먼저 세상을 떠난다. 그리고 어머니와 누이동생마저 세상을 떠난다. 형제들도 모두 흩어지고 끝내 아무도 남지 않은 을씨년스러운 집마저 팔린다. 그리고 '나'는 묻는다.

나는 샤토브리앙이 쓴 그 유명한《무덤 저 너머의 회상》중에서도 가장 지독한 대목을 읽은 적이 있었다. (…) 나는 그의 글 속에서 다음과 같은 말을 읽었다. 나의 모든 하루하루는 작별의 나날이었다. 어린 시절을 보냈던 이 콩부르의 숲을 떠나야만 했을 때의 가슴을 찢는 듯한 아픔을 표현한 대목이었다. 왜 어린 시절부터 사람은 사랑하는 모든 것과 작별을 해야 하는 것일까? 왜 모든 것들은 허물어지고 마는 것일까? 왜 모든 것이 사라져버리는 것일까?

– 알랭 레몽, 《하루하루가 작별의 나날》, 비채, pp.84-85

왜 우리는 사랑하는 모든 것과 작별하는 것일까. 왜 우리는 언제나 이별하는 것일까. 이별하지 않을 수 있는 것이 있기나 할까. 그 이별하는 것들의 목록을 적어보면 그곳엔 무엇이 적혀 있을까. 흐릿하게 남아 있는 어린 시절의 집과 동네, 자주 놀던 개울, 그 풍경들, 아이들 없는 운동장, 그곳에 내리던 노을, 이젠 이름도 기억나지 않는 전학 간 친구, 혹은 내가 전학 가며 헤어져야 했던 단짝 친구, 엄마 없던 집에서 항상 반겨주던 강아지, 수많은 편지를 주고받았던 친구, 되찾을 수 없는 그 편지들, 사랑이라는 말을 세상에서 처음으로 발화하게 했던 그 사람, 혹은 그 사랑, 낯선 도시 어느 골목에서 처음 만나고 다시 그곳에서 헤어진 사람, 그때 찍은 한 장의 사진, 그때 내리던 비, 그때 불던 바람, 말이 없던 할아버지와 어린 나를 예뻐하던 할머니, 그 어린 시절의 나, 그때의 목소리, 그때의 소망, 그때의 슬픔, 그리고 언젠가 그 이별의 목록이 될 나 자신… 수많은 '흑백의 추억'들.

얼마든지, 온종일 채워 내려갈 수 있는 이 목록들. 왜 우리는 이별하지 않고 살 수 없는 것일까. 차라리 사는 일은 이별하는 일일까. 오래 살수록 이별의 목록은 길어지고 그 슬픔도 커지는 것일까. 그것을 알기까지 꽤 에둘러 오랜 시간의 가장자리를 걸어왔는지도 모른다.

> 책을 읽는 동안 계속하여 그 나직하고, 그러면서도 좀 다급한 목소리가 나를 따라다녔다. 하마터면 수십 년 동안 참아온 울음을 픽, 하고 터트릴 뻔했다.
>
> — 김화영, 〈나를 향해 오고 있는 목소리〉,
> 《하루하루가 작별의 나날》의 작품해설 중, 비채, p.152

이 소설의 번역가 김화영이 수십 년 동안이나 참아온 울음을 터트릴 뻔한 건, 이 소설이 대단히 슬프거나 특별한 슬픔을 말하고 있어서가 아니다. 그것은 소설의 '나'처럼 하루하루 작별의 나날을 보내고 있다는, 낯설지만 지당한 일을 그에게 새삼 환기해주었기 때문일 것이다. 이젠더는 눈을 마주할 수도, 손을 잡을 수도, 말을 건넬 수 없는 그 모든 과거의 시간과 누군가가 환기되었기 때문일 것이다.

오늘은 어제와 이별했다. 오늘은 처음 맞이한 오늘과 이별한다. 내일도 오늘과 이별할 것이다. 그런데 우리는 유일하게 자명한 이 진실을 잘 알지 못한다. 이 세상과의 만남이 언제나 지속될 것처럼 생각하고 살아간다. 그래서 삶을 어떤 경쟁으로만 여기는 사람들은 오늘도 이기기위해 애쓰고 이겨서 기뻐한다. 하지만 그도 언젠가 결국 진다는 사실을 모를까. 아니면 외면하는 것일까. 세상을 승패로 갈리어진 무엇이라고 생각하는 사람들에겐 '죽음'이라 불리는, 피할 수 없는 거대한 패배가 기다리고 있을 뿐이다. 그러니까 약육강식, 자연도태란 과학적 허명을 쓰고 경쟁과 승패를 강조하는 사람들은 예정된 패배 속에서 사는 셈이다. 하지만 삶이 이기는 것도 지는 것도 아니라면 죽음이 꼭 지는 것만은 아닐 테다. 우리는 그저 하루하루 작별을 하며 한두 개의 슬픔을 안고 살아간다. 때론 그 슬픔을 한두 개씩 버리거나 잊으면서 살아간다.

결국 이 말을 하고 싶어서 길게 에둘러 왔다. 사랑하는 사람과 이별하는 건 무척 슬픈 일이다. 허나 삶은 긴 이별의 과정이라는 것. 그리고 그 과정에서 당신과 나는 이별했다는 것을 말이다. 조금 빠르고 늦은 시기의 차이는 있겠지만 결국 우린 모두 작별의 나날을 보내고 있다는 말을 하고 싶었다. 이 말을 통해 나에게 그리고 당신에게 섣부른 위로를 하고자 함이 아니다. 다만 이별하지 않는 것은 아무것도 없으며 오늘도 우리는 많은 것과 이별하며 살고 있고, 또 앞으로 살 것이라는 사실을 말하고 싶었을 뿐이다. 그러면, 그렇게라도 하면, 당신과의 이별이 조금은 삶의 한순간으로, 삶의 한 과정으로, 작별의 한 목록으로 적힐 수 있을 것 같아서. 당신의 이름, 당신의 존재, 당신의 냄새가 수많은 이별의 목록에 놓인다면, 그렇게 놓인 하나가 될 수 있다면, 오늘 나를 스쳐 떠나간 따스한 바람 아래의 목록에 당신을 적을 수 있다면, 이제 나는 아주 '잠깐 지구 위를 걷는 동물'로, 남은 시간 동안 다시 하루하루 작별하며 살 수 있을 것 같아서.

3부

다시, 사랑

사랑의 초기값
— '오래된 미래'를 만드는 일

현실이란 기억을 통해서만 이루어져서 그런 건지,
오늘 처음으로 내 눈에 보이는 꽃들은 진짜 꽃처럼 보이지 않는다.

— 마르셀 프루스트, 《잃어버린 시간을 찾아서 1》
김희영(역), 민음사, pp.316

나와 그녀가 '특별한 관계' 되는 것은 무엇을 통해서일까. 세상의 수많은 사람 중에 단지 그녀만이 혹은 그만이 우리에게 가장 의미 있는 존재가 되는 것은 어떻게 가능할까. 그저 '그냥'이라고 대답하면 될까. 막연히 신비한 사랑의 힘이라고 말하면 되는 것일까. 아니면 그렇게 생각하기로 마음먹었기 때문에 그런 특별한 관계가 되는 것일까.

첫눈에 반했다는 말은 처음 보고 호감을 느꼈다는 의미이지 그 첫 눈길에 깊은 사랑에 빠졌다는 의미는 아닐 것이다. 무엇이든 어떤 '깊이'에 도달하기 위해서는 정서적, 물리적 시간이 필요하다. 정확히 말하면 어떤 정서적, 물리적 시간을 통과했기 때문에 우리는 어떤 깊이에 도달하는 것이다. 물론 단 한 번 보고 사랑하는 감정에 빠질 수 있다(혹은 그런다고 생각할 수 있다). 하지만 통과한 시간이 없는, 즉 깊이가 없는 빠짐은 쉽게 빠진 만큼 쉽게 빠져나올 수 있다. 반면 '특별한 관계'라고 느끼는 사랑이라는 감정은 대개 어떤 시간, 즉 경험과 추억을 공유할 때 깊어진다. 말하자면 '특별한 관계'는 어떤 '역사성'에 기인한다.

역사가 역사로 인식되기 위해서는 과거만 있어서는 불가능하다. 역사의 대상인 과거를 사유하기 위해서는 (그 과거를 사유하는) 현재의 시점(時點)이 있어야 하고 그 사유한 과거를 통해 미래에 대한 전망을 할 수 있어야 한다. 우리는 그때 '역사'라는 것에 대해 말할 수 있다. 사실 역사를 '만드는(기술하는)' 일은 현재에 하는 일이지 과거에 하는 일이 아니다 (과거는 당시에 현재로 존재할 뿐). 그런데 우리는 왜 이미 지나가고 사라진 과거를 연연하며 그것을 기록하고 정리하며 그것에 어떤 의미를 부여하는 것일까. 그런 우리의 습속은 무엇 때문일까. 그것은 아마 우리가 (과거는 알 수 있지만) 미래를 알 수 없기 때문일 것이다. 알 수 없는 미래가 궁금하고 두려운 우리는 (알 수 있는) 과거를 통해 미래에 어떤 확실성 또는 예측성을 가지고 싶은 것이다. 또 그렇게 했을 때, 현재 우리가 살아가는 것에 어떤 의미를 부여할 수 있기 때문이다. 역사를 망각했다는 말은 단지 과거의 일을 잊었다는 의미가 아니라 미래에 대한 전망을 하지 못한다는 의미도 동시에 담고 있다. 과거를 통해 미래를 선취한다는 것은 그런 의미일 것이다. 지난 일을 통해 미래의 일을 소망하는 것, 더 강조해서 말하자면 과거가 없으면 미래는 오지 않는다는 것, 그런 의미 말이다. 그렇게 미래를 위해 매일매일 과거를 만드는 한 남자가 있다. 영화 〈첫 키스만 50번째〉의 헨리 로스(아담 샌들러)가 바로 그다.

하와이에서 수의사로 일하는 헨리. 그는 휴양지라는 낭만적 환상을 이용해 그곳에서 수많은 여자를 만난다. 화려한 언변과 재치로 수많은 여자를 만나지만 그녀들은 그에게 단지 하룻밤의 사랑/사람일 뿐이다. 그 '하룻밤의 사랑'은 말 그대로 하룻밤만 유효한 것이어서 즐겁게 놀고 끝나면 그것으로 완결된 것이고 다시 다른 하룻밤의 사랑/사람을 만나면 그만이다. 그런데 어느 날 그에게 문득 어느 한 여인, 루시(드류 베리모어)가 나타난다. 그들은 처음 만난 날 서로 호감을 느낀다. 하지만 그녀는 다음 날 만난 그를 기억하지 못하고 낯선 사람으로 여긴다. 그녀는 자동차 사고로 단기 기억 상실증에 걸렸던 것. 그때부터 특별한 그녀와 사귀기 위한 특별한 그의 분투가 시작된다. 루시의 호감은 하룻밤만 유효한 것이어서, 그는 다음 날이면 그녀에게 다시 작업을 걸어야 한다. 그것이 한두 번은 흥미진진한 일일 수는 있어도 항상 그렇게 해야 하는 일이라면, 그것은 꽤 지난한 일이 된다. 그러니까 하룻밤의 사랑만 하던 남자가 하룻밤만 유효한 사랑을 놓고 분투해야 하는 이상한 상황. 매일 루시를 만나며 그녀와의 관계를 기억하는, 그래서 그만큼의 시간이 축적된 헨리. 하지만 그런 그와는 달리 루시에게 헨리에 대한 기억은 단 하루만 유효하다. 헨리에게 루시는 사랑하는 사람이 되어 가지만, 루시에게 헨리는 호감 가는 사람 이상이 아니다. 그녀에게 그는 쉽게 대체할 수 있는 사람이지만 그에게 그녀는 쉽게 대체할 수 없는 사람이 되어 간다.

피터 시걸, 〈첫 키스만 50번째〉, 2004

매일 아침 초기화되는 그녀. 그에게 그녀는 점점 사랑하는 사람이 되어 가지만, 그녀

는 그가 호감 가는 사람 이상은 아니다. 사랑하는 관계가 되기 위해서 통과해야 하는

시간과 기억의 터널이 있다. 그리고 그 터널을 건너기 위한 분투가 있어야 그제야 사

랑은 시작된다.

　　그녀가 상처받는 걸 원하지 않는 그녀의 아빠와 오빠는 사고 전날

의 신문을 여러 부 제작해 놓고 여러 환경을 조작해 그녀를 현재라는 시

간성에 가둔다. 하룻밤이면 지워질 기억이기에 그 하루만 똑같이 조작하

면 그녀는 동일한 시공간성에 머무르게 된다. 때론 예상치 못한 사건(가령 주차위반 딱지를 발급받는 일 등)으로 루시가 자신의 상황을 알게 되는 일도 종종 일어나지만 그것 역시 하룻밤만 잘 넘기면 된다. 다음 날 다시 조작된 현재로 살아가면 되니 말이다. 과거의 시간성은 축적되지 않고 증발된다. 그리고 동시에 그녀에게 미래는 오지 않는다. 미래가 (말의 온전한 의미대로) '없는' 그녀와 사랑하는 것은 가능할까. 특별한 관계를 맺는다는 것은 가능할까. 그래서 그는 그녀의 기억을 만들기 시작한다. 말하자면 그들 관계에 일종의 역사성을 부여하는 셈인데, 그 수단으로 비디오테이프에 둘의 이야기를 기록한다. 그리고 다음 날 그녀에게 그것을 보여주는 것으로 하루를 시작한다. 그녀는 처음 몇 시간 동안 당황스러워하지만 이내 현실을 받아들이고 남은 하루를 살아간다. 이제 그녀는 현재라는 시간의 감옥에 갇히지 않는다. 하지만 그 자유 역시 하룻밤에 불과한 것이어서, 매번 지워지는 미래가 있고 그 지워지는 미래를 위해 매번 과거를 기록해야 한다. 그런 소모적인 일로 그의 장래를 막을 수 없다고 생각한 그녀는 그에게 이별을 선언한다. 그가 선택한 것은 무엇이었을까.

　　그는 매번 지워지더라도 매번 다시 기록하며, 매번 다시 사랑을 만들어 내는 일을 선택했다. 하지만 그녀에게 그와의 키스가 언제나 첫 키스지만 그에게는 여러 번 경험한 '첫 키스'일뿐이다. 언제나 첫 번째 데이트인 그녀에게 그 감정과 느낌은 언제나 새로울 수 있어도 그에게도 반복되는 첫 데이트가 꼭 새롭고 신선한 무엇일 리는 없었다. 그럼에도, 그는 결혼 후에도, 출산 후에도 매일 아침 비디오테이프를 그녀의 머리

맡에 놓았다. 그것은 그녀에게 과거의 시간을 축적하는, 그래서 둘의 관계에 역사성을 부여하는 하나의 방식이면서 동시에 그것은 그들에게 미래를 오게 하는 한 방식인 셈인 것이다. 과거를 저장했지만 그것은 미래를 조금씩 저장하는 그의 노력이었던 것.

과거가 저장된 비디오테이프를 그녀에게 남기는 일, 그러니까 매일 새롭게 과거를 쓰는 일과 미래를 만드는 일이 단지 그녀만을 위한 일은 아닐 것이다. 그 일은 (그녀와 달리) 측두엽(側頭葉)이 망가지지 않은 그가 매번 그녀를 새롭게 사랑하기 위한 방법이기도 하다. 그것은 하루하루 (마치 그녀처럼) '다시 사랑'하겠다는 의지의 행위이다.

피터 시걸, 〈첫 키스만 50번째〉, 2004

사랑은 단 한 번 빠져든 어떤 감정이나 만남으로 완결되는 무엇이 아니다. '굿모닝, 루시'라는 헨리의 인사처럼, 차라리 사랑은 매일 아침 다시 시작하는 것일지도 모른다. 물론 (영화에서는 낭만적으로 그리고 있지만) 매번 반복되는 그 일이 그리 낭만적이기만한 일은 아닐 것이다. 세상의 모든 반복이 그렇듯 때론 지겹고 때론 시시하고 때론 도망가고 싶은 그런 것인지도 모른다. 하지만 당신의 망가진 측두엽과, 당신의 잃어버린 시간과, 우리의 추억과, 무엇보다 우리의 (그냥 주어지는 미래가 아니라) 만들어 갈 미래를 위해서라면 매일매일 사랑을 만들고 기록하고 저장하는 일이 꼭 시시하거나 지겨운 일만은 아닐 것이다. 그것은 오지 않는 미래를 불러보는 절박함으로 사랑을 만들어 가는 일일 테다. 그리고 그것은 내가 당신에게 주는, '미래'라는 가장 값진 선물일 것이다.

> "사랑은 활동이다. 내가 사랑하고 있다면, 나는 그나 그녀만이 아니라 사랑받는 사람에 대해 끊임없이 적극적 관심을 갖는 상태에 놓여 있다. 내가 게으르다면, 내가 끊임없는 각성과 주의와 활동의 상태에 있지 않다면, 나는 사랑받는 사람과 능동적으로 관계할 수 없을 것이기 때문이다. 잠자는 것만이 비활동에 적합한 상태다. 각성 상태는 게으름이 끼어들 여지가 없는 상태다."
>
> – 에리히 프롬, 《사랑의 기술》, 문예출판사, p.171

우리는 종종, 그저 사랑의 '자연 발생적인(본능적인) 힘'으로 우리의 사랑이 매일매일 기능/가능할 것이라고 생각한다. 그리고 가끔 연인과 싸우고 나서 때때로 '사랑은 너무 어려운 것 같아'라고 말하고는 한다. 하지만 사랑은 애초에 힘든 일이었다. (사랑이라는 동력이) 제대로 기능하기 위해서는 깨어있어야 하고 깨어있는 사랑은 게으르지 않아야 하기 때문이다. 그럼에도 우리는 그동안 당신과 나의 측두엽이 멀쩡하다는 이유로

(오히려) 사랑을 잊/잃고 있었다.

　하여, 나는 차라리 당신의 건망증을 당신의 측두엽이 멀쩡하지 않은 증상으로 착각하리라. 그러면 매일 아침 초기화되는 당신이 내 곁에 있을 것이고, 그리하여 우리의 사랑도 매일 아침 초기값으로 설정될 것이고, 동시에 우리의 미래도 영원히 유예될 것이라면, 나는 매일 아침 깨어나 당신과의 사랑을 다시 만들어 가기 위해 노력할 수밖에 없을 것이다. '오래된 미래를 만드는 일', 그러니까 '사랑하는 일'은 르네 샤르의 문장처럼 '집요하게 애쓰는 것'이 있어야 가능한 것, 그리고 측두엽이 없는 정도의 절박함이 있어야 가능한 일이었다는 것을, 나는 이제야 아는 셈이다.

사랑은 다시 태어나는 일
-게으르지 않은 사랑

> 누구에게서나 호감을 사는 사람은
> 깊은 호감을 받지는 못한다.
>
> -스탕달

    사랑을 하면 충만감이 든다. 충만감이 드는 가장 큰 요인은 누군가로부터 사랑받고 있다는 느낌 때문일 텐데 이때 사랑받는다는 느낌, 그것은 아마 인정, 혹은 이해받고 있다는 느낌일 것이다. (사회학자 에바 일루즈는 사회·제도적으로 인정과 이해를 받을 기회가 많은 남성과 달리, 여성은 대개 남성으로부터 인정과 이해를 받아야 하는 불평등한 구조에 대해 지적하고 있지만, 그럼에도) 인정과 이해는 사랑의 과정에서 가장 근본적인 것이다. 사랑하는 사람에 대한 인정과 깊은 이해가 없다면 아무도 깊이 사랑할 수 없으며, 사랑받는다는 느낌도 가질 수 없다.

    이젠 신화가 된 바람둥이들의 면면을 살펴보면 그들이 단지 얼굴, 몸매, 말발만 우월했던 건 아니었다. 오히려 그들은 상대(여성)의 심리와 정서를 꿰뚫어 보는 어떤 지적 능력과 교감할 줄 아는 공감지수가 높은 사람들이었다. 그들을 무릇 변호해보자면, 그들은 작업을 위해서였을 지는 몰라도, 개별 여성들의 삶에 깊이 공감하고 이해하려 했다. 또 많은 여성을 만난 그들은 많은 사례와 임상 경험이 있었을 터. 그러니, 그들은 그녀들과 쉽게, 그리고 깊이 친해졌을 것이고 의도하건 의도하지 않았건 어떤 심각한 관계에 자주 빠지게 된 것은 아닐까. 남편이나 기존 애인에게 이해받지 못하던, 심지어 외면당하던 한 여성이 그에게 빠져드는 건 어쩌면 당연한 일이었다. 그녀는 그로 인해 다시 태어났으니까. 꽤 준수하고 호감 가는 스타일의 남자가 자신의 눈을 깊이 바라보며 '당신을 이해하고 있어요', 라고 말하는데 도대체 어떤 여자가 녹지 않겠는가.

'나 어디가 예뻐?' 라는 질문에 '응 그냥 예뻐' 라고 말하는 태도가 진실 되지 않다고 이야기할 수는 없으나 성실한 사랑의 태도라고 말할 수는 없다. 오히려 조금은 게으른 사랑이라고 해도 될 것이다. 세상의 카사노바로부터 내 애인을 지키는 가장 현명한 방법이 있는데 이미 내 여자라고 생각한 남자는 별다른 노력을 하지 않는다. 오히려 그런 질문을 하는 애인에게 화내지 않으면 다행. 여기 남들은 보지 못하는 것을 보고 사랑하는 사람이 있다.

김애란의 단편 소설 〈그곳에 밤 여기에 노래〉의 주인공 용대는 흔히 말하는 문제아였다. 그는 '가족의 수치', '가계의 바보', '가문의 왕따', 어느 집안에나 꼭 한 명씩은 있는 '천덕꾸러기'였다. 그 문제아는 커서도 사고만 쳐서 가족들로부터도 거의 버림받다시피 했다. 용대는 시골을 떠나 서울에서 살며 중국집 배달, 이발소 보조, 술집 웨이터, 아파트 경비 일을 전전했지만 꾸준히, 그리고 성실히 하는 일은 없었다. 툭하면 사고를 쳤고 쉽게 일을 그만두었다. 그런 그를 사랑하는 사람이 나타났다. 지린성 옌지에서 왔다는 조선족 여인 명화. 그녀 역시 식당 설거지, 찜질방 청소, 발 마사지, 가정부, 모텔 청소 등 안 해본 일이 없었다. 가난과 고된 생활에 지친 그들은 서로 가까워졌다. 그리고 의지했고 사랑했다. 구청에서 도장만 찍는 것으로 결혼식을 대신했다. 하지만 행복했던 짧은 시간이 흐르고 아내는 위암에 걸렸다. 결국 그녀는 '나쁜 냄새를 풍기며', '바싹 쪼그라든 채', '까맣게' 죽었다. 그런데 그녀는 죽기 전에 남편을 위해 간단한 중국어 회화를 데이프에 녹음했다. 그것은 허물어가는 육체 외에 아무것도 가진 게 없는 그녀가 유일하게 줄 수 있는 선물이었다. 그녀는 사랑하는 사람에게 어떤 기회를, 작지만 소중한 어떤 방법을 남겨주고 싶었던 것이다.

　　결혼 후, 용대는 그런 게 있었단 사실도 잊고, 테이프를 검은 봉지에 담아 처박아뒀다. 그런데 아내가 세상을 뜨고 얼마 지나지 않아 불현듯 그게 눈에 들어온 거였다. (…) 테이프는 순서 없이 섞여 있었다. 용대는 그중 아무거나 일단 손에 잡히는 대로 챙겨왔다. 오늘 배울 문장이 무엇인지 내일 외울 단어가 무엇일지는 용대도 알지 못했다.
　　"런스 니 헌 까오씽."

용대는 무심하게 따라 했다.

"런스 니 헌 까오씽."

이어. 명화가 한국말로 말했다.

"당신을 알게 되어 기쁩니다."

용대도 그 말을 따라 했다.

"당신을 알게 되어 기쁩니다."

(…)

그렇게 명화와 말을 주고받는 용대의 모습은 마치 남들과 다른 포크 댄스를 추고 있는 소년처럼 보였다. 하지만 용대는 알고 있었다. 그렇게 그 여자 나라말을 외면서, 한 번도 가본 적 없고 어쩌면 앞으로도 영영 못 가볼 나라의 말을 하면서, 자신이 차츰 나아지고 있다는 것을.

― 김애란, 《비행운》, 문학과 지성사, pp.165-166

그는 그녀에 의해 변했다. 더 정확히는, 그녀의 사랑으로 '차츰 나아지고' 있었다. 명화가 다른 사람처럼 용대의 못난 면만 보았다면 그녀역시 그를 사랑할 수 없었을 것이다. 하지만 명화는 자신이 용대와 같은 처지라고 생각하며 그를 보았고, 그것은 동시에 다른 사람들은 보지 못한 그의 다른 모습, 그만의 어떤 미덕을 보았을 것이다. 그리고 명화는 아프지만 용대를 위해 또박또박 녹음기에 자신의 목소리를 남겼던 것이다. 구박받고 욕먹는 못난 용대를 명화는 사랑했고 (짧았지만) 그 사랑을 위해 게으르지 않았다. 그래서/그리고 용대는 그녀로부터 다시 태어났고, 구원받았다.

　사랑하니까 사랑한다는, 사랑엔 이유가 필요 없다는 말만 되뇌며, 어떤 노력도 하지 않는 사랑은 사랑을 끝내 사랑이지 않게 한다. 노력은 크고 거창한 사랑의 서사시를 부르는 것이 아니다. 사랑은 남들은 보지 못한 면을 보며 온전히 상대를 이해하려고 애쓰는 태도에서 나온다. 가령, 사소하다고 취급되는 것들이나 작은 부분을 가장 특별하게 이야기해 주고 생각하는 마음 같은 것들 말이다. 남들은 아무렇지 않게 생각하거나 심지어 부정적으로 생각하는 부분을 사랑하는 사람이 아껴주고 특별하게 생각해 주는 일은, 인간이 경험할 수 있는 가장 감동적인 방식의 헌사다.

　친구들에게 종종 놀림의 대상이었던 코, 입술, 발가락을 그는 세상에서 가장 특별한 것으로 대해주는 일, 이건 거의 나라는 존재가 다시 태어나는 일에 비견할 만하다. 남들에겐 수치이고 바보이고 천덕꾸러기인 내가 그녀에게는 가장 자랑스럽고 소중한 존재가 되는 일이다. 그러니까 사랑함으로써 나는 말 그대로 부활, 재생, 조금 더 거창하게 말하면 구원받는 셈이다. (솔로에게 비수를 꽂는 말이지만) 사랑하지 못한 나는 유령이고 아직 구원받지 못한 영혼인 셈이다. 사랑을 통해 나는 태어나고 세상에 다시 존재하게 된다. 특별한 것 없는 다중과 익명의 세상에서 거의 존재하지 않은 것과 마찬가지였던, 나를 끌어내어 의미 있고 특별한 존재로 태어나게 하는 일, 사랑.

파블로 피카소, 도라 마르의 초상, 1937

여성 편력이 대단했던 피카소. 동시에 무수한 여성에게 사랑받았던 피카소. 그것이 가능했던 이유는 바로 그가 연인을 바라보는 새로운 시각/시선에 있지 않았을까. 남들은 잘 모르는, 그녀만의 무엇을 꺼낼 수 있고 그것을 찾아낼 수 있는 어떤 노력이 그에게 있었던 것은 아닐까. 그녀를 다시 발견하고, 그래서 다시 태어나게 하는 일, 그것이 사랑에서 필요한 일일 것이다.

하지만 그저 사랑만 한다고 다시 태어나고, 구원받고, 없던 내가 새로 존재하는 것은 아닐 테다. 게으른 사랑은 아무것도 다시 태어나거나 존재하게 할 수 없다. 그것에는 게으르지 않는 어떤 노력이 필요하다. 이제 자기계발에만 힘쓰지 말고, '내 자기'의 계발에도 힘써야 하지 않을까. 보다 세심히 그와 그녀를 바라보고 작지만 소중한 것들을 찾아내고, 한 사람을 진심으로 깊이 이해하는 일들을 말이다.

누군가를 사랑하는 일은 누군가를 상상하는 일
– 결국 모두 시시해질 인간을 시시하지 않게 상상하는 것

> 상상력이란 무한히 작은 것 속으로 파고들어갈 줄 아는 능력이고,
> 모든 집약된 것 속으로도 새로운,
> 압축된 내용을 풍부하게 부여할 줄 아는 능력이다.
>
> – 발터 벤야민, 《일방통행로, 사유이미지》, 도서출판 길, p.116

내가 그녀를 처음 보고 반한 것들, 가령 은은한 샴푸 냄새가 풍기는 머리카락, 적당히 매끈하면서 볼륨 있는 몸매, 부끄러워하는 미소, 가끔 도발적인 눈빛, 볼을 오그리고 입술을 샐쭉 내미는 귀여움, 아잉흥칫뽕 등의 파열음과 된소리, 그리고 적절한 비음이 섞인 애교 어린 말투 등이었다. 이 모든 것들을 가진 그녀는 '나의 이상형'이었다. 혹은 '나의 이상'이라고 생각했다. 그녀의 사랑스러운 점들은 내가 좋아하는 것들이고 내가 좋아서 빠져든 것들이라고 생각했다. 이렇게 우리는 내가 사랑해서 그녀를 사랑하는 줄 안다. 내 욕망이라고 생각했던 내 이상(형)과 내 여자 친구의 모습은 원래부터 내가 원하는, 혹은 진정 내가 욕망하는 그녀의 모습이라고 생각한다. 그러니까 주체(나)가 → 대상(그녀)을 직접 욕망

하는 줄 알았다.

　　그런데 르네 지라르는 《낭만적 거짓과 소설적 진실》에서 우리가 품은 욕망에 대해 이렇게 설명했다. 주체가 욕망하는 것은 사실 다른 주체, 즉 내 욕망을 중개하는 중개자에 의해 대상을 욕망한다는 것이다. 지라르는 욕망의 간접화 현상을 삼각형의 욕망을 통해 분석했다. 말하자면, 돈키호테(주체)가 이상적인 기사(대상)가 되기를 욕망하는 것은 원래부터 돈키호테가 욕망한 게 아니라, 돈키호테가 존경했던 (용감한 기사인) 아마디스(중개자)라는 기사를 통해 자신의 대상(훌륭한 기사가 되는 것)을 욕망했다는 것이다. 즉 돈키호테가 훌륭한 기사가 되고 싶다는 욕망은 아마디스라는 어떤 훌륭한 기사를 통해 생겨난 것이지, 만약 아마디스가 없었다면 그의 그런 욕망은 생겨나지 않았을 것이다.

　　플로베르 소설의 주인공 엠마도 다르지 않다. 그녀는 사교계의 여왕이 되기를 꿈꾼다. 그녀가 욕망한 것은 그녀가 그동안 소설이나 잡지에서 본 것들(중개자)에 의해 생겨났다. 그녀가 욕망하는 사교계의 여왕(대상)은 소설과 잡지에 의해 만들어진 욕망이었던 것. 말하자면, 엠마가 사교계의 여왕이 되고 싶다는 욕망 역시 그녀가 소설이나 잡지를 읽지 않았더라면 생기지 않았을 것이다.

　　나의 사랑과 내가 사랑하는 사람은 어떨까. '내 이상(형)'이라고 생각한 그와 그녀는 정말 내 이상(형)일까? 내 남자친구나 여자친구가 인기 좋은 연예인과 비슷한 것 한두 가지라도 있으면 그들은 훈남이 되고 훈녀가 될까. 사실 그들은 미디어에서 중개한 이상(형)이었다. 애초에 그

연예인이 내 이상형은 아니었을 것이다. 미디어에서 그 연예인의 얼굴을 보지 못했다면, 내 이상형은 강의실에서 만난 그가, 식당에서 마주친 그녀가 내 이상형이었을 수 있다. 하지만 이젠 강의실이나 사무실에서 마주친 그와 그녀들조차 이제 미디어에서 마주친 누군가와 닮아서 이상형이 되고는 한다.

그래서 여자들은 가슴, 키, 몸무게, 피부, 헤어스타일, 눈, 볼, 턱 등이 아이돌이나 배우의 그것과 비슷해지기 위해 많은 돈과 시간을 쓴다. 돈과 시간을 써도 견적이 안 나오면 배우들이 입었던 코트나 들었던 가방이라도 사기 위해 애쓴다. 자기 몸을 가꾸는 것, 그것을 뭐라고 할 수 없다. 다만 세상이 온통 그것을 하나의 기준으로 세우고 그것에서 벗어나면 패배자나 어딘가 부족한 사람으로 취급하는 것이 불편한 것이다. (소설가 박민규의 말처럼) 미녀(미남)에게 주어지는 세상의 관대함 같은 것들, 말하자면 부자에게 주어지는 세상의 관대함 같은 것이 불편한 것이다.

우리는 '보이기' 위해 살지만 막상 우리는 서로를 제대로 보지 못한다. 그러니까 진정 내가 욕망하거나 소망하는 것을 추구하는 것이 아니라 미디어에서 광고에서 좋다고 하는 것, 남들이 '와와'하며 따라가는 것들이 내 욕망이 된다. 분명히 잡지나 인터넷 쇼핑몰 모델들이 입은 옷을 주문했는데, 내가 입으면 다른 옷이 되고 마는 것. 사실 내가 사고 싶었던 것은 모델의 몸매와 '기럭지'였는데, 막상 구입한 건 축 늘어진 카디건이었던 것. 우리의 사랑도, 우리가 사랑하는 사람도 사정이 낫지는 않다. 소중한 내 사랑은 드라마나 유행가 가사랑 어딘가 비슷한 과정을 반복한다. 그 노래를 들으며 내가 눈물짓는 것은 그 노래가 내 사랑과 아픔을 딱 맞게 표현해서가 아니다. 내 사랑과 아픔이 그 노래를 그동안 참 잘 흉내 내서다.

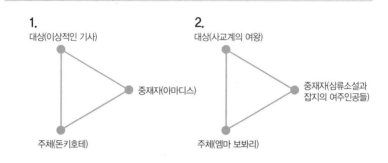

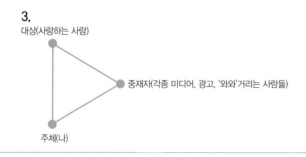

욕망의 삼각형

모든 주체는 대상을 직접 욕망하는 것이 아니라 중개자를 거친다. 돈키호테의 욕망도 엠마의 욕망도 당신의 욕망도 나의 욕망도 모두 우리들의 욕망이 아니었다. 다른 대상의 욕망을 욕망했던 것이다. 애초에 욕망이란 타인의 욕망을 욕망하는 일일까. 결국 욕망은 욕망을 욕망하는 일일까.

세상과 거리에는 온통 비슷비슷한 사랑이, 비슷비슷한 패션과 얼굴이 점점 늘어난다. 사람들의 다양한 얼굴과 형식과 색채가 '이쁘고 멋있다'는 단순하고 명료한 두 단어의 세계로 축소된다. 그런 세상에서 박민규 소설《죽은 왕녀를 위한 파반느》에 나오는 남자 주인공은 한 여자와 사랑에 빠진다. 그가 '그때까지도 꽤 많은 못생긴 여자들을 봐왔지만 나는 그녀처럼 못생긴 여자를 본 적이 없었다'고 말할 정도로 그녀는 못생긴 여자였다. 하지만 그는 세상이 욕망하는 여자를 욕망하기보다 자신이 욕망하는 여자를 욕망했다. 그는 다른 사람들이 피하고 외면하고 때론 (모)욕하는 여자를 진심으로 사랑했다.

하지만 도대체 왜? 그가 그녀를 만나기 전의 세상은 '이뻐와 착해, 그리고 돈 있어로 모든 것이 적당히 해결되던 세계'였고, 그것이 세상의 기준이었다. 하지만 그녀는 달랐다. 그는 그 또래 아이들에게 느껴보지 못한 것을 그녀에게 느꼈다. 백화점 주차장과 창고에서 일하는 그녀는 모리스 라벨과 밥 딜런을 좋아했고, 선인장 꽃과 더스틴 호프만을 좋아했다. 못생긴 그녀가 외로움을 견디는 방법으로 주로 했던 일들, 이를테면 93.1 FM을 듣고 도서관 구석에서 책만 읽었던 일들이 그에게 어떤 신비한 매력으로 다가온 셈. 그녀는 세상 어떤 여자보다 못생겼다고 말할 수 있어도 그에게는 가장 사랑스러운 사람이었다. 만약 우리가 이 어색하지 않은 문장을 만약 어색하게 느낀다면, 그 문장을 어색하게 만든 세상의 잘못일까, 아니면 그렇게 느끼는 우리의 잘못일까. 못생긴 그녀는 그에게 말한다.

전... 하고 그녀는 흐느끼며 말했다. 너무 못생겼어요.
저랑 같이 있는 게 부끄럽지 않았나요?

디에고 벨라스케스, 시녀들, 1656

작품 가운데 어리고 예쁜 마르가리타 왕녀가 있다. 왕녀는 주변 시녀들에 의해, 구도와 빛에 의해 가장 아름답게 조명받고 있다. 이 그림에 매료된 라벨은 〈죽은 왕녀를 위한 파반느〉를 작곡했다. 화가와 작곡가가 매료된 아름다운 여인 마르가리타. 특이한 점은 작품의 제목이 '왕녀'가 아닌 '시녀들'이라는 것이다. 정작 벨라스케스는 제목을 붙이지 않았다고 전해진다. 그러면 '시녀들'이라는 제목은 언제 누구로부터 붙은 것일까. 정확히 알 수 없다. 다만 흥미로운 이야기가 하나가 전해진다. 당시 중세 왕가는 혈통의 순수성을 지키기 위해 근친혼이 유행했다. 근친혼은 열성 유전자의 결합으로 주걱턱이나 부정교합 등의 유전 질환이 후대에 잘 전해지는 편이다. 물론 필리페 왕가도 다르지 않았다. 아름다운 왕녀 옆 화면 오른 쪽에 얼굴이 반쯤 그늘로 가려진 난장이 시녀가 있다. 누구도 주목하지 않는 그녀. 다른 시녀들은 고개나 몸을 돌리고 서 있는데 반해, 그녀의 눈은 캔버스 밖 세상을 향해 정면으로 응시하고 있다. 오지 그녀만이 왕녀와 동등한 자세로 정면을 바로 보며 서 있다. 혹시 그녀는 왕가의 숨겨진 왕녀가 아니었을까. 왕가의 유전적 형질로 보아 그럴 가능성이 없지만은 않다. 물론 이것은 상상이지만, 그녀의 표정을 보면 꼭 상상만은 아닐 수도 있다. 그녀는 기품 있게 고개를 들고 이렇게 묻는 것 같다. '당신은 나를 사랑할 수 있나요.'

그는 그녀를 못생겼다고 생각했을지 몰라도 그녀를 부끄러워하지 않았다. 흔하고 뻔한 여자아이들 사이에서 그는 그녀의 특별함을 깊이 사랑했다. 우리에게 그런 사랑은 불가능한 것일까. 벌어진 다리 같은(소설가 율리 체의 표현이다) 그녀의 벌어진 앞니의 매력에 우리는 빠질 수 없는 것인가. '빗물로 동그라미 그리는 여자와, 애인 생겨도 전화번호 바꾸지 않는 여자와, 나이롱 커튼 같은 헝겊으로 원피스 차려입은 여자와, 외항선 타고 밀항한 남자 따위 기다리지 않는 여자와, 가끔은 목욕 바구니 들고 조조영화 보러 가는 여자와, 유행가라곤 심수봉밖에 모르는 여자와, 취해도 울지 않는 여자와, 왜냐고 묻지 않는 여자와, 사랑 같은 거 믿지 않는 여자와, 그러나 꽃이 피면 꽃 피었다고 낮술 마시는 여자'와(이상, 류근의 시 구절이다) 우리는 사랑에 빠질 수 없는 것인가.

기후변화와 환경파괴로 구상나무와 고리도롱뇽과 자바코뿔소와 양쯔강 돌고래들의 개체 수가 감소하는 것처럼, 비슷비슷한 외모와 성격으로 비슷한 사랑만 하며 사는 우리 종도, 어떤 의미에서 개체수가 줄고 있는 것인지도 모른다. 생물 종의 다양성을 지키는 일이 생태계를 풍요롭게 만드는 일이고, 그것이 곧 다양한 생명체가 공존하며 살 수 있는 가장 근본적인 방식이라면, 우리의 비슷비슷한 얼굴, 몸, 사랑이 우리를 자멸의 길로 이끄는 것인지도 모른다.

남들이 나를 조금 이상하게 볼지라도 나는 남들과 조금 다른 기준으로 누군가를 사랑하면 안 될까. 삼각형의 감옥에서 완전히 벗어나지는 못하더라도, 조금씩 자유로워질 수 없을까. 결국 시시한 그녀를, 언젠가 시시해질 그를, 시간이 지나도 시시해지지 않게 조금씩 상상한다면, 그리고 조금씩 그녀와 그에 대한 상상력을 키운다면, 어쩌면 그런 자유로운 사랑이 가능할까.

남겨진 시간, 남겨진 서사, 남겨진 사랑
— 정성스레, 꾸준히, 성실히, 지치지 않고 건네는 일

:
:
:

> 결혼 생활을 시작하면서 다음과 같이 자문해 보라.
> '나는 내가 늙은이가 될 때까지 이 여자와 대화를 나눌 수 있을 것인가?'
> 이것 외에 모든 것은 일시적인 문제일 뿐이다.
> 함께하는 삶에서 가장 중요한 것은 두 사람 간의 대화다.
>
> — 프리드리히 니체

누구나 서로 보고만 있어도 좋은 때가 있었다. 누구나 서로 말하지 않고 바라만 봐도 좋은 때가 있었다. 누구나 함께 있다는 사실만으로도 좋은 때가 있었다. 누구나 그랬다. 나도 그랬고 당신도 그랬다. 그랬던 우리가 이젠 말하지 않고도 알 수 있다며 말이 적어진다. 그랬던 우리가 딱히 할 말이 없다며 말이 적어진다. 그랬던 우리가 이젠 말해도 못 알아듣는다며 말이 적어진다. 그래서 우리는 차를 마시거나 식사를 할 때 자신의 휴대폰만 본다. 그리고 우리는 서로에게 점점 침묵한다.

함께 살아가는 일은 어쩌면 서로의 말이 적어지는 과정인지도 모른다. 말이 점점 실종되는 사태는 항상 얼굴을 마주하는 관계에서 자연스러운 일일 수 있다. 동시에 이 자연스러운 일이 더 이상 얼굴을 마주하지 못하는 사이를 만드는 일이 될 수도 있다. 아무 말도 듣지 못하고 아무 말도 하지 못하는 상태가 결국 죽음을 가리킨다면, 대화가 적어지고 끝내 단절되는 것은 관계의 죽음을 가리킨다. 사랑 없이 함께 살 수는 있어도 대화 없이 사랑할 수 없다.

안타깝게, 인간의 생물학적, 생화학적 활동은 우리의 연인에게 일정 기간만 강렬하게 반응하게끔 진화해왔다. 이제 갓 만난 연인과 일 년, 삼 년, 오 년, 혹은 십 년 동안 만난 연인의 생물학적 특성과 행동이 같을 수 없다. 내가 자율적으로 조절할 수 없는 호르몬, 가령 에스트로겐, 테스토스테론, 세로토닌 등은 그녀를 만난 지 오 년 된 지금도 그녀를 처음 보았을 때와 같은 양이나 동일한 성질로 분비되지 않는다. 내가 사랑의 감정이라 느꼈던 처음의 그것들을 만들어 내던, 온통 나를 흔들어대던 내 자율신경계는 사실 내 자율적인 의지와는 무관한 것이었다.

하지만 말을 건네는 일은 호르몬 분비와 달리 내 의지대로 할 수 있는 일이다. 물론 노력이 필요하다. 그리고 때론 힘든 일이다. 허공에 대고 말하는 것이 아니라면 제대로 들어주는 귀가 필요하기 때문이다. 남겨진 시간 속에서 살아가고 사랑하는 일은 그래서 극진한 간호처럼, 어떤 정성이 필요하다. 수많은 사랑의 서사는 권태의 서사로 남는 것이 두려워서 '둘이 난관을 극복하고 서로 사랑했대요. 그리고 오래오래 행복하게 살았대요.'로 마무리된다. 그런데 정작 당신과 나의 삶엔 그 이후의 서사가 더 긴 페이지로 남아 있다.

이야기나 영화나 연애지침서는 그 남겨진 시간에 대해 말하지 않는다. 그리고 남겨진 긴 시간 동안 우리가 어떻게 살아갈/사랑할지보다, 슬며시 침묵하는 쪽을 택한다. 왜냐하면 재미없는 이야기니까. 허나 우리에게 중요한 것은, 우리를 더 힘들게 하는 것은, 정작 우리 공주님을 위협하는 가장 무서운 괴물은, 사실 내 술버릇, 잠꼬대, 이가는 소리, 양말 아무 데나 벗어두기, 반찬 투정, 잦은 야근, 와이셔츠의 수상한 자국, 일어서서 소변보기 같은, 그러니까 오랜 세월 함께 살아가야 하는 생활, 일상, 혹은 권태일지 모른다. 그 생활, 일상, 권태라는 괴물에 견디고 맞서 그것과 싸워야 하는 것은 서사의 왕자님과 공주님이 아니라 남겨진 우리다.

서로의 메시지 창에 '사랑해'라는 말이 가득하다고 우리는 안심할 수 있을까. 단 하나의 단어와 감정만을 간단한 방식으로 확인하며 오토 리버스되게 낭독할지 몰라도, 실상 삶이라는 서사를 사랑하는 사람과 나누는 시간은 점차 줄어든다. 막상 깊이 있는 대화는 사랑하는 사람보다 친구나 직장 동료, 혹은 정신과 의사와 나눈다. 그래서 언제부턴가 나를 가장 소중히 생각하는 사람이 언제부터 나를 가장 모르고, 내가 가장 소중히 여기는 사람을 내가 가장 모르는 상황이 벌어진다. 말을 건넨다는 것은 무엇일까. 어떻게 건네야 하는 것일까. 여기, 지치지 않고, 성실히 말을 건네는 사랑/사람이 있다.

사람들이 다 떠나간 철거 직전의 황량한 아파트에 경찰 천(중지위)과 그의 아들이 이사를 온다. 적막한 아파트에 이웃이라고는 몇 명의 노인과 죽은 아내와 함께 사는 한의사 위(여명)뿐. 어느 날 천은 없어진 아들을 찾기 위해 이웃 위의 집을 방문하고는 이상한 낌새를 눈치챈다. 위가 죽은 아내를 살려 보겠다고 3년 동안 매일 한약재를 물에 푼 욕조에서 이상한 치료를 하고 있었던 것. 아내가 깨어나는 예정일이 이제 3일밖에 남지 않았고, 이를 방해받지 않기 위해 '위'는 자신을 수상히 여긴 경찰 천을 집에 감금한다.

진가신, 〈고잉 홈〉, 2002

영화 〈고잉 홈〉은 우리에게 〈첨밀밀〉의 감독으로 잘 알려진 진가신 감독이 김지운 감독, 태국의 논지 니미부트르 감독과 함께 동양적 숫자인 '3'을 테마로 만든 옴니버스 영화 〈쓰리〉 중 한편이다. 이 영화는 형식적으로는 공포영화의 관습과 네크로필리아의 외피를 두르고 있지만 사실은 아주 지고지순한 사랑을 보여주는 로맨스 영화다. 그리고 말을 건네는 일에 대해, 말 건넴의 태도에 대해 이야기한다.

위는 암으로 죽은 아내를 다시 살리기 위해 3년간 매일 치료하고 단 하루도 빠짐없이 말을 걸어야 한다. 그렇지 않으면 죽은 이의 몸에서 영혼이 빠져나가 버리기 때문이다. 경찰 천은 당신은 미쳤다고 항변해보기도 하지만 위의 믿음에는 소용이 없다. 하지만 3년째 되는 날 위는 경찰에 의해 잡혀가고 그의 아내는 관에 실려 장의차에 실려 간다. 그런데 그때, 관 안에서 아내의 몸이 천천히 따뜻해지며 손가락이 조금씩 움직이기 시작한다. 위는 경찰들에게서 필사적으로 도망쳐 보려 하지만, 결국 지나가던 차에 치여 죽고 만다. 그리고 조금씩 살아나는 아내의 눈에서, 어떤 슬픔을 예감했는지 눈물 한 방울이 흐른다.

영화에서 더욱 놀라운 사실은 위도 아내와 마찬가지로 암에 걸려 죽었는데, 3년간 아내의 지극한 사랑의 치료법(?)에 의해 살아났었다는 점이다. 아내는 '둘이 서로 많이 사랑하라고 똑같은 병을 하늘에서 내려줬나 보다'라고 생전에 남긴 비디오테이프를 통해서 이야기한다. 그러니까 이들은 6년 동안 단 하루도 빠짐없이 말을 건네고 서로를 치료해 준 셈. 이들의 서사를 통해서 우리가 배우는 것 하나. 사랑은 지치지 않고 말을 건네는 노력이라는 것. 사르트르와 지적인 사랑을 했던 보부아르는 죽음이란 '다시는 내게 말을 걸지 않는 것'이라고 말했다. 죽은 자는 말하지 못하고 듣지 못한다. 그리고 죽은 자에겐 말을 건네지 않는다. '위'가 죽은 아내에게 말을 건넸던 건 그녀가 죽지 않았다는, 혹은 다시 살아날 것이라는 믿음이 있었기 때문이다.

그렇다. 만약 내가 죽었다면 아무도 내게 말 걸지 않을 테다. 나 또한 죽은 누군가에 더 이상 말 걸지 않을 테다. 그러니까 상대에게 말을 건네지 않는 것은 곧 그/그녀가 죽었다고 여기는 것과 다르지 않은 일이다. 그런 거다. '말을 건네거나 건네지 않는 일'이 당신 옆에 버젓이 살아 있는 사람을 죽일 수도, 다시 살릴 수도 있는 일이 되는 것. 그런 의미에서 서로 '말을 건네는 일'은 서로가 서로를 살리면서, 함께 살아가며 사랑하는 일이 된다. 말을 하지 않는 관계는 살아 있는/사랑 있는 관계가 아닌 것이다. 위와 위의 아내처럼 포기하지 않고, 지치지 않고, 성실히 말을 건네는 일이 남겨진 시간에, 남겨진 서사에, 남겨진 사랑에 그래서 필요하다. 물론 이 상식적이고 지당한 일이 쉬운 일은 또 아니라는 것, 노력해야 가능한 무엇이라는 것을 아는 사람은 알지만, 모든 사람이 다 아는 것은 아니다.

눈먼, 사랑

– 보이지 않는 것을 사랑하는 일

> 향기가 지배하는 사회라면
> 아마도 변화나 가속화를 추구하는 경향이 발전하지 않을 것이다.
> 그런 사회는 추억과 기억을 자양분으로 하는 사회,
> 느린 것과 긴 것을 먹고사는 사회일 것이다.
>
> – 한병철, 《시간의 향기》, 문학과 지성사, p.81

눈먼 사랑이라는 것. 맹목(盲目). 말 그대로 눈이 먼 것. 보이지 않는 것. 우리는 사랑에 빠지면 눈이 먼다고 하지만 정말 눈먼 사랑을 하고 있는 것일까. 혹시, 우리는 눈으로만 사랑하고 있는 것은 아닐까.

첫 눈에 반했어, 라는 말처럼 우리는 우선 본다. 보고 느끼고 보고 판단한다. 보는 일은 너무 압도적이어서 우리가 느끼고 판단하는 기준의 거의 모든 것이 된다. 인식한다는 것도 사실 시각적으로 보는 행위가 있어야 가능한 사유 활동이다. 가령 '악어'에 대해 우리가 인식할 때 큰 턱과 이빨, 번들거리는 가죽과 비늘 등을 우선 (머릿속에서) 시각적으로 인식하지, 악어의 냄새나 미끌거림 같은 후각과 촉각으로 (아직 만져 본 적도, 제대로 맡아 본 적도 없으니) 먼저 인식하지 않는다. 우리의 경험이 우선 시각적이고 그 경험을 저장하는 방식(기억) 역시 시각적이기 때문이다. 하지만 우리는 눈이 믿을 만한 감각이 아니라는 것 또한 잘 알고 있다. 여러 이미지의 착란은 사실 인식의 착란이고, 그것은 보는 것만으론 올바른 인식이 어려울 수 있다는 의미이다. 그러니까 눈은 우리가 인식과 사고를 가능하게 할 정도로 강력한 힘이지만 동시에 믿지 못할 감각이면서 주관적인 감각이기도 한 것이다.

조셉 재스트로우, 오리토끼 그림

비트겐슈타인은 자신의 논문 〈철학적 탐구〉에서 재스트로우의 오리-토끼 머리 그림을 제시했다. 재스트로우의 이 그림을 통해, 비트겐 슈타인은 보는 것은 일종의 해석이라는 사실을 말한다. 어떻게 보느냐에 따라 인식도 사유도 달라질 수 있다. 즉, 보는 것은 가장 명확한 것 같지만 모든 해석이 그렇듯이 사실 가장 불확실하고 가장 주관적인 것이기도 하다.

고대부터 '시각'이 다른 감각보다 인간에게 지배적인 감각이었지만, 지금 시대는 극단적으로 시각 중심적이다. 사람들이 텔레비전(각종 영상)만 보고 책(글)을 안 읽는다고 한탄하는데, 책을 안 보는 것은 사실 글을 (말 그대로) '보는 것'이 어려워서가 아니라, 글을 '듣는 것'을 어려워해서다. 활자는 우선 보는 것이지만 '이미지'와 다르게, 보는 동시에 청각적으로 문장을 인식/이해한다. 즉 글을 읽는 행위는 보는 것(속으로 읽는 것)이지만 동시에 그것은 (속으로 자신의 목소리를) 듣는 것이기도 하다. 그래서 손쉽게 주어지는 영상 이미지보다 글을 사람들은 어려워하고 귀찮아한다. 보는 과정과 동시에 듣는 과정을 통해 사고하며 상상의 과정을 거쳐야 하니 말이다.

우리의 사랑도 다르지 않다. 누군가를 사랑할 때 우리는 우선 명료하고 손쉬운 시각에 의지한다. 하지만 사랑을 온통 시각적인 것으로 환원하는 것은 사랑을 눈의 감옥에 가두는 일이다. 우리가 소개팅을 하고 오면 묻는 말들, '예뻐? 키 커? 몸매는?' 이런 시각적 질문은 우리가 얼마나 근본적으로 눈이라는 감옥에 갇혀 있는지 잘 보여준다. 물론 어느 시대라고 달랐겠는가. 정도의 차이는 있지만 우리는 언제나 그래 왔다. 톨스토이가 살았던 제정 러시아 시대도 다르지 않았다. 그의 소설《크로이체르 소나타》의 한 대목이다.

"어느 날 달빛 아래 보트를 타고 집으로 돌아보면서 그녀 옆에 앉은 저는, 몸에 꼭 달라붙는 스웨터를 입은 그녀의 날씬한 몸매와 물결치는 머리에 도취되어, 제가 찾고 있던 여인이 바로 이 사람이라고 결정했습니다. 미가 선이라는 완벽한 환상이 있다는 것은 놀라운 일입니다. 아름다운 여인이 바보 같은 소리를 해도 사람들은 그 말 속에서 어리석음보단 현명함을 보게 되지요. 그녀가 추잡한 소리를 하거나 행동을 해도 사람들은 예쁘다고 합니다. 그녀가 어쩌다 바보 같지도 추잡하지도 않은 예쁜 말을 하면, 사람들은 그녀가 현명하고 도덕적인 기적의 여인이라고 합니다."

– 레프 톨스토이, 《크로이체르 소나타》, 펭귄클래식코리아, p.196

한마디로, 예쁘면 모든 것이 다 용서된다는 것. 예쁘다는, 오로지 시각적으로 판단된 것이 아름다운 것(美)이 되고 그것은 심지어 '선(善)'까지 된다. 예쁘면 좋고, 옳은 것마저 되는 것. 그런데 문제는 미는 선이라는 태도 자체보다, 그 태도가 건너편의 태도를 자연스럽게 정의 내린다는 데 있다. 말하자면, 추는 악이라는 것. 즉, 누군가는 못생기면(추하면) 용서가 안 된다고 말한다. 도대체 왜, 무엇 때문에 용서가 안 된다는 것인지 모르겠지만, 용서가 안 된다는 것은 결국 '악'이라는 것이다. 못생겼기에 악이라는 것은 일종의 폭력이다. 시각의 폭력은 잔인하다. 그런데 우리는 농담일지라도 이런 폭력에 쉽게 가담한다. 물론 '미녀'가 싫은 것은 아니다. '미남'이 싫을 리가 있겠는가. 못생긴 게 죄가 아니듯, 예쁜 것 또한 죄는 아니니까. 다만 '미남미녀'와 '미남미녀를 선이라고 여기는 것과 그것 때문에 생기는 어떤 폭력'을 구분하는 태도는 필요하다. 미남,

미녀에게 주어지는 특권과 그로 인해 생기는 편협성과 어떤 폭력이 싫은 것이다. 사람들은 단지 아름답다는 이유로 그녀의 어리석음도 추잡함도 모두 아름다워 보인다는 것. 그녀의 남편 또한 다르지 않았다. 그는 스스로 어떤 환상에 '도취'되었다는 것을 잘 알고 있었다. 하지만 그런 남편도 그토록 (보기에) 아름다운 아내와 결혼했음에도, 우리 시대의 여느 가정과 다르지 않은 과정을 거치고, 결국에는 막다른 폭력적 상황에 이르게 된다.

> "우리는 바쁘면 바쁠수록 서로를 더욱 미워했습니다. '얼굴을 찌푸리고 있느니 좋겠지. 내일 회의가 있는데 밤새 난리를 피워대고.'라고 제가 생각하면, 제 아내는 생각으로만 그치지 않고 '당신은 참 좋아 보이는군요. 하지만 저는 아이들 때문에 한잠도 못 잤어요.'라고 말을 했답니다."

> "둘만 있을 때 대화를 나누는 것은 정말 힘들더군요. 마치 시시포스의 노동 같았습니다. 말할 거리를 궁리해 내 얘기 하고 나면 또 다른 이야깃거리를 생각하느라 입을 다물고 있어야 했습니다. 사실 말할 거리도 없었습니다. 우리를 기다리고 있는 인생, 장래 설계, 계획에 대해 이야기하고 나니 더는 대화할 거리가 남아 있지 않았습니다. 만일 우리가 동물이었다면 말하지 않아도 당연하다는 것을 알 겁니다. 하지만 말할 필요가 있는데 말할 거리가 없는 겁니다."
> — 레프 톨스토이, 《크로이체르 소나타》, 펭귄클래식코리아, p.211, 244

그러던 어느 날, 바이올린 연주자인 어느 남자를 초대해 아내와 함께 (소설의 제목이기도 한) 베토벤의 'Kreutzer Sonata'를 연주하게 된다. 피아노를 연주하는 아내와 바이올린 연주자는 소리를 통해 음악적인, 동시에 정서적인 교감에 빠진다. 그리고 남편은 의심한다.

"그들은 베토벤의 〈크로이체르 소나타〉를 연주했습니다. 처음 나오는 프레스토를 아세요? 아시냐고요?" 그는 소리쳤다. "으…! 이 소나타는 정말 무시무시한 음악입니다. 특히 이 부분은 더욱 그렇습니다. 아니 음악은 정말 무시무시한 것입니다. 그게 도대체 뭔가요? 저는 이해할 수 없습니다. 음악이 도대체 뭐지요? 음악이 하는 일이 뭡니까? 왜 그런 일을 하는 겁니까? (…) 음악은 제 자신을 잊게 만들고 제 진정한 모습을 보지 못하게 하고 저를 제자리가 아닌 다른 어떤 곳으로 옮겨놓습니다. 음악은 제가 실제로 느끼지 못하는 것을 할 수 있다고 생각하게 만듭니다. (…) 음악은 그것을 작곡한 사람의 정신세계로 곧바로 저를 데려 갑니다."

"그날 저녁의 아내와 같은 모습을 본 적이 없었습니다. 연주하는 동안 빛나는 눈, 엄숙하고 의미 있는 표정, 연주를 끝내고 나서의 뭔가 오롯한 느낌, 입술에 퍼지던 연하고 애잔하며 촉촉한 미소가 생각나는군요."

– 레프 톨스토이, 《크로이체르 소나타》, 펭귄클래식코리아, p.273-276

르네 프랑수아 자비에 프리네, 크로이체르 소나타, 1901

프리네의 그림은 톨스토이 소설의 실제 내용을 그렸다기보다, 남편의 상상에 의해 시각화된 내용을 그렸다. 남편의 상상은, 남편의 눈은, 남편의 시각은 보이지 않는 저들의 불륜 장면을 분명히 보았다.

남편은 그들의 청각적 연주를 시각화했다. 그리고 그들의 불륜을 상상하고, 확신한 후 살인을 결심한다. 그러니까 그는 그들의 청각적 교감과 음악이라는 세계를, 육체적 교감과 시각의 세계로 번역한 것이다. 우리가 고등학교 문학 시간에 배운 '청각의 시각화'를 구현하고 있는 셈. '크로이체르 소나타'라 불리는 베토벤의 〈바이올린과 피아노를 위한 소나타 9번 가장조 Op.47〉 1악장 프레스토처럼, 남편은 아내와 낯선 바이올린 연주자의 관계를 급박하고 긴장감 넘치는 관계로 상상한다. 남편은 보지 못한 장면을 상상으로 보고 그들의 불륜을 확신한다. '도대체 음악이 하는 일이 뭡니까?'라며, 시각의 힘에 지배당한 남편은 청각의 힘을 두려워하고 불신한다. 그리고 끝내 돌이키지 못할 일을 저지른다. 그는 눈의 감옥에 갇혀 결국 실재의 감옥에 갇히게 된다.

사랑에서, 때론 눈멀 필요가 있다. 덜 볼 필요도 있다. 너무 많이 봐서 제대로 보지 못한다. 눈이 먼 채, 당신 곁에서 당신의 살을 느끼고, 당신의 혀를 맛보고, 당신의 굵고 낮은 목소리를 음미하고, 당신의 냄새를 맡고 싶다. 그리고 카잘스의 연주를 듣고 교감할 수 있는 당신의 귀를 사랑하고, 동물과 사물을 대하는 당신의 태도를 사랑하고, 세계와 사람에 대한 당신의 사유를 사랑하고, 아무것도 하지 않고 사색에 빠지는 당신의 게으름과 감성을 사랑하고 싶다.

눈에 보이지 않는 것을 사랑하는 일은, 결국 보이는 것을 사랑하는 일보다 더 많이 사랑하는 것이고 더 깊이 사랑하는 것이 아닐까. 게다가 듣고 만지고 맛보는 것은 보는 것에 비해 훨씬 느리고 길고 변화가 더딘 일이다. 시각에 의존하는 사랑은 텔레비전 채널을 돌리듯, 머무르지 못하고 그렇게 돌릴지도 모른다. 시각을 배제할 수도, 꼭 배제할 필요도 없겠지만 최소한 시각에만 의지하지 않는 것은 우리 사랑을 더 깊고 길게 지속하는 한 방법일 수 있다. 그래서 사랑하는 당신과 더 깊이 사랑하고, 사랑 안에서 더 오래 머무르기 위해, 나는 당신에게 눈멀고 싶다.

사랑에 대해 알아야 하는 것

– 당신의 세상을 상상하고, 구원하는 일

:
:
:

> 폭력은 차이를 지우려 할 때
> 우리가 지불해야 하는 값비싼 대가다.
>
> – 정화열, 《예루살렘의 아이히만》의 서문
> 〈악의 평범성과 타자 중심적 윤리〉, 한길사, p.42

세상의 중심은 나다. 인식 주체인 내가 더 이상 인식하지 않는 상태가 되면 세상도 더 이상 존재하지 않는다. 분명히 세계(자연, 다른 사람, 동식물, 사물 등)는 나와 별개로 존재하는 것이지만 내가 존재하지 않으면, 인식론적으로 그것들 또한 존재하지 않는다. 그런데 타자 또한 각자가 생각하는 주체다. 내가 사유의 주체이듯 타자도 사유의 주체라는 것은 '나' 아닌 또 다른 '세상'이 존재함을 의미한다. 60억 명의 타자가 존재한다면 60억 개의 세상이, 혹은 우주가 존재하는 셈이다. 그러니까 세상은 온전히 나를 중심으로 존재하지만 세상은 온전히 그들을 중심으로 존재하기도 한다. 물리적인 세계는 하나지만 인식론적인 세상은 타자의 수만큼 존재한다. 하나의 물리적 세계에서 각자의 세상을 품고 살아가는 나와 내 곁의 수많은 타자는 사실 다른 세상에서 사는 존재다.

하지만 우리는 누군가와 마주치며 살아간다. 그래서 우리는 각자의 세상을 떠안고 살지만, 동시에 다른 세상과 섞이고 충돌한다. 마주침이란 조우하는 것이다. 우연함 속에 우리의 필연적인 만남이 놓여있다. 그와 내가 만나는 사건은 우연이지만 인간이 누군가를 만난다는 사태는 필연이다. 그렇기에 '마주침'이라는 말에는 우연성의 의미만 담겨 있는 것이 아니라, 우연과 필연 모두의 의미가 담겨 있는 것이다. 허나, 타자라는 다른 세상과 필연적으로 조우하는 일이 우리 삶의 조건이라는 것을 무시한 채, 자신만의 세상을 고수하는 사람들이 있다. 유일한 세상은 자신의 세상이고 타자라는 다른 세상은 제거해야 할 대상으로 생각하는 사람들이 있다. 그들은 타자의 세상을 가장 참혹한 방식으로 파멸한다. 어떻게 그런 일이 가능할까.

> 그(아이히만)의 말을 오랫동안 들으면 들을수록, 그의 말하는 데 무능력함은 그의 생각하는 데 무능력함, 즉 타인의 입장에서 생각하는 데 무능력함과 매우 깊이 연관되어 있음이 점점 더 분명해진다. 그와는 어떠한 소통도 가능하지 않았다. 이는 그가 거짓말하기 때문이 아니라, 그가 말과 다른 사람들의 현존을 막는, 따라서 현실 자체를 막는 튼튼한 벽으로 에워싸여 있었기 때문이다.
>
> — 한나 아렌트, 《예루살렘의 아이히만》, 한길사, p.196

아돌프 아이히만. 그는 나치 친위대에서 근무하며 유대인을 유럽 각지에서 폴란드 수용소에 열차로 이송하는 최고 책임자였다. 즉 그는 유대인 학살의 책임자 중 한 명이었다. 당시 유럽에 산재해 있던 유대인 인구 대략 900만 명 중 600만 명이 학살당했다. 패전 후 아이히만은 아르헨티나로 도피하여 숨어 살다가 이스라엘 정보기관 모사드에 의해 체포되었다. 그리고 이스라엘에서 공개 재판이 벌어졌고 결국 법정에 의해 교수형을 당했다. 당시 《뉴요커》의 특파원 자격으로 이 재판을 참관했던 아렌트는 "(그는) 자기가 무슨 일을 하고 있었는지 전혀 깨닫지 못했던 자"라고 말했다. 특이한 것은, 그녀가 아이히만이 대단히 악한 사람이거나 그런 의도를 갖고 범행을 저지른 게 아니라고 본 점이다. 그는 단지 나치스의 고위 관료로서 충실하게, 그리고 기능적으로 업무(유대인 학살이라는)를 수행했다고 아렌트는 본 것이다. 아이히만은 법과 제도를 충실히 지킨, 자신의 의무를 충직히 수행한 '평범한' 사람이었다는 것. 그의 행위는 괴물 같은 것이었어도 막상 그는 괴물이 아니었던 것. 만약 그가 선한 상관을 만났다면, '타의 모범'이 되어 표창장을 받았을지도 모를 일이었다.

실제로 재판 과정에서 아이히만은 '최종문제해결(홀로코스트)'이 자신이 주도적으로 실행한 일이 아니라 상부의 명령과 지시에 따른 일이었음을 강조했다. 그는 "당시 나는 일종의 본디오 빌라도의 감정과 같은 것을 느꼈다. 나는 모든 죄로부터 자유롭게 느꼈기 때문이다."라고 말했다. 본디오 빌라도는 유대인의 요구와 정치적 압박 때문에 예수를 십자가 형에 처하도록 판결했는데, 이 판결 후 빌라도는 손을 물로 씻으면서 자신은 죄가 없다고 말했다. 그렇게 만약 아이히만이 상부에서 시키는 대로 일을 한 것이라면, 그는 본디오 빌라도처럼 무죄를 주장할 수 있는 것일까. 단지 기계적으로 시키는 일만 했다고 해서 그는 죄가 없는 것일까. 아렌트는 이렇게 말했다.

> 그는 어리석지 않았다. 그로 하여금 그 시대의 엄청난 범죄자들 가운데 한 사람이 되게 한 것은 (결코 어리석음과 동일한 것이 아닌) 순전한 무사유(sheer thoughtlessness)였다. (…) 이러한 무사유가 인간 속에 아마도 존재하는 모든 악을 합친 것보다도 더 많은 대 파멸을 가져올 수 있다는 것, 이것이 사실상 예루살렘에서 배울 수 있는 교훈이었다.
>
> – 한나 아렌트, 《예루살렘의 아이히만》, 한길사, p.391

철저한 '무사유'는 어쩌면 이 세상의 모든 악을 합친 것보다도 더 많은 파멸과 재앙을 가져올 수 있다는 것. 그러니까 '무사유(어리석은 것과는 다른, 생각 없음)'는 죄가, 그것도 어떤 악보다도 더 심한 죄가 될 수 있다는 것이다. 여기서 '무사유'란 아렌트의 말처럼 '타인의 입장에서 생각하는 데 무능함'을 말한다. 그렇다. 타자의 입장에서 생각할 수 없는 것은 죄가 될 수 있다. 그것도 인류를 위협할 만큼 엄청난 재앙이 될 수 있다. 그런 의미에서 아이히만은 유죄다. 타자의 입장에서 공감하고, 공포와 고통을 느끼지 못한 죄. 만약 그가 가스실에 아이와 함께 들어가는 유대인의 입장에서 생각하고 느낄 수 있었다면, 기계적으로 상부의 명령만을 따르기는 힘들었을 것이다. 또 어쩔 수 없이 그 당시 명령을 따랐을지라도 나중에 후회하거나 죄책감을 느꼈어야 옳다. 하지만 그는 그렇지 않았다. 그는 '사유(생각)'하지 않았기 때문이다. 여기서 '사유'란 꼭 어떤 철학적 문제를 고민하는 것만을 의미하지 않는다. 진정한 사유란, 타자의 입장에서 생각하고 판단하는 능력이다.

사랑이/에서 중요한 것은 '타자의 입장에서 생각할 수 있는' 세상에 우리가 놓인다는 점이다. 타자가 있어야 가능한 사랑의 세상은 나만의 세상에 균열을 내어 당신을 내 세상에 초대하고, 또 당신의 세상에 내가 들어가 보는 일이다. 당신의 느낌과 당신의 슬픔과 당신의 기쁨을 공감하고 만져보는 것, 그것이 당신과 나의 세상에서 사랑하는 일이다. 그러니까 사랑은 타자의 입장에서 생각하고 타자의 입장에서 느낄 수 있는 가장 좋은 경험이자 학교인 셈이고, 문학(예술)은 타자의 입장에서 사유하고 공감할 수 있는 가장 좋은 교재인 셈이다. 그런데 성과주의 사회에서 문학이나 소설은 무용하고 비효율적인 것으로 취급받는다. 인문학관련 책마저 어떤 스펙으로 읽는다. 세상엔 판, 검, 변호사만, 그리고 의사만 필요한 것이 아닌데, 성적 좋은 문과 학생은 모두 법과를 가려고 하고 성적 좋은 이과 학생은 모두 의과를 가려고 한다. 세상과 사람들이 지향하는 것들도 구체적이고 가시적인 성과가 있는 것이어야 한다. 성과를 내지 못하는 모든 것들은 '구조 조정'된다. 학문을 연구한다는 대학도 사정은 다르지 않다. 사랑, 우리의 사랑도 다르지 않다. 타자를 이해해야 가능한, 그래서 때론 귀찮고 힘들고 고통스러운 사랑의 세상에 내던져지는 일은 점점 거부된다. 자기애만 확인하는 편안하고 친숙한 '만남'만이 요구된다.

하지만 아무리 경제적인 성취로 세상의 부를 쌓아도, 과학적 성취로 문명의 발전을 이루어도, 의학의 놀라운 발전으로 인간 삶의 질이 향상되어도, 타인에 대한 이해와 타인의 입장에서 사유할 수 있는 능력이 우리에게 없다면, 우리가 성취한 모든 것들은 과거 나치스의 유럽처럼 한순간에 파멸될지도 모른다.

나는 당신을 사랑한다. 하지만 나는 당신이 아니고 당신은 내가 아니다. 당신이 듣는 소리는 내가 듣는 소리와 동일할지라도 당신이 느끼는 감정은 나의 감정과 동일하지 않다. 내 피부를 만지고 느끼는 당신의 감정이 내가 당신의 피부를 만지고 느끼는 그것과 꼭 같은 것은 아니다. 내 목에 얼굴을 파묻고 당신이 떠올리는 느낌을 알고 싶지만 나는 온전히 느끼지 못한다. 사랑하지만, 또 사랑하는 당신의 세계지만 그 세상으로 온전히 나는 들어갈 수 없다. 나는 당신의 타자고 당신은 나의 타자다.

그렇기에 사랑하는 일은 당신의 입장이 되어보고 당신의 감정과 느낌을 상상해보며 노력해야 가능한 일이다. 이 일이 그저 기분 좋고 아늑한 행위만은 아닐 것이다. 만약 타인의 입장에서 사유하고 느끼는 일이 당신의 세상과 나의 세상을 파멸하는 것이 아닌 우리 세상을 구원하는 일이라면, 모든 구원하는 일이 그렇듯 고통을 감내해야 하는 일일지도 모른다. 왜냐하면 타자의 입장에서 생각하지 않는 일은 단지 하면 좋고, 못하면 아쉬운 무엇이 아니라, 그 일을 제대로 하지 못할 때 죄가 될 수도 있는 일이기 때문이다.

케테 콜비츠, 어머니들, 1919

타자에 대한 이해와 타인의 입장에서 사유할 수 있는 능력은 어쩌면 기계를 만들고 병을 고치고 부가가치를 생산하는 능력보다 더 중요한 능력일지 모른다. 문학과 예술은, 그리고 사랑은 그 사유를 경험하고 배우는 가장 좋은 방법일 텐데, 우리 시대는 점점 그것을 무용하게 여기며 한쪽으로 밀어낸다. 그리고 우리는 점점 그 사유의 능력을 상실한다. 무사유로 일관했던 아이히만처럼 자기만의 세상에서 살아간다면,

우리는 타자의 세상을 파괴하고, 결국 우리 모두의 세상을 파멸할지도 모른다. 그런 의미에서 사랑하는 것과 사랑을 배우는 일은 나와 당신의 세상을 구원하는 일이다.

　사랑하는 일, 타인의 입장에서 이해하는 일, 그것은 노력해야 하는 일이다. 노력하지 않으면 재앙을 불러올 수도 있는 일이라는 것을 알아야 한다. 내가 당신을 사랑하는 것은, 그리고 당신이 나를 사랑하는 것은, 그냥 얻어지는 일이 아니다. 그것은 '사유'하는 노력을 통해 얻는 '능력' 이라는 것을 알아야 한다.

당신의 피부 아래

– Under the skin

.
.
.
.
.

> 사진을 찍을 때 한쪽 눈을 감는 것은
> 마음의 눈을 뜨기 위해서다.
>
> – 앙리 카르티에 브레송

조나단 글레이저 감독의 영화 〈언더 더 스킨〉의 주인공 외계인 로라(스칼렛 요한슨)는 인간(남성)을 사냥한다. 그녀는 큰 밴을 몰고 다니며 연고(緣故) 없는 남자들을 자동차에 태운다. 그리고 외딴집에 데려가서 유혹한 후 처리한다. 거의 모든 남자는 그녀의 유혹에 기꺼이 응한다. 그녀가 아름답기 때문이다. 그녀의 몸과 외모는 아름답다. 정확히 말하면 그녀의 스킨(살과 피부)은 아름답다.

황량하고 안개 가득한 스코틀랜드. 외계에서 막 도착한 로라는 이제 인간 언어를 갓 배우기 시작한 어린아이와 같다. 그녀(혹은 그)는 자신에게 주어진 인간 사냥이라는 임무를 기계적으로 행할 뿐이다. 그녀에겐 어떤 감정과 판단 능력이 없다. 해안가에서 벌어진 한 사건은 그 점을 잘 보여준다. 사냥감을 물색 중인 그녀. 목표물은 바다 수영을 즐기고 있는 한 남성. 로라는 체코에서 혼자 온 그를 (말 그대로) 작업하고 있는데, 마침 어느 가족이 바다에 빠지고 만다. 물에 빠진 강아지를 구하기 위해 어떤 여자가, 그 여자를 구하기 위해 그녀의 남편이, 그 남자를 구하기 위해 (작업 중이던) 체코 남성이 바다에 뛰어든다. 로라에겐 이해할 수 없는 상황. 개를 구하기 위해 사람이 뛰어들고, 그 사람을 구하기 위해 다른 사람이 뛰어들고, 또 그 사람을 구하기 위해 또 다른 사람이 바다로 뛰어드는 상황(개←사람1←사람2←사람3). 호기심어린 눈으로 그 상황을 지켜보지만 그녀는 이해할 수 없다. 파도치는 바닷가에 그 가족의 어린 아기가 혼자 남겨졌다. 하지만 로라에게 그것은 아무 의미가 없다. 그녀는 목표물인 체코 남성을 사냥하기만 하면 될 뿐. 그녀에겐 어떤 감정과 판단력이 없다. 그것은 '선악미추'가 없다는 의미이기도 하다. 사람들은 그녀의 눈빛, 입술, 얼굴, 가슴 등의 아름다움에 이끌리지만, 막상 그녀 자신은 그것에 대해서 알지 못한다. 자신을 감싸고 있는 피부, 그것이 대체 무엇이기에 인간은 그토록 그것에 매혹되는가.

사냥 행위를 반복하던 그녀에게 안면 장애를 가진 한 남성을 태우면서 변화가 생긴다. (본능적으로) 여느 사람 같았으면 무서워하거나 불쾌하게 생각했을, 심하게 일그러진 얼굴을 한 남성을 보고 로라는 반응이 없다. 미와 추의 개념을 모르는 그녀가 그의 그런 얼굴에 특별한 반응을 보이지 않는 것은 당연한 일. 오히려 그녀는 그의 수줍어하는 태도 때문인지, 그에게 다른 사냥감과는 다른 호감을 느낀다. 그를 유혹해서 처리하려 했지만 거울을 통해 자신의 얼굴을 처음으로 응시한 로라는 그를 살려주고 만다. 그녀는 거울을 보며 무엇을 느꼈기에 그를 풀어준 것일까. 그녀는 일그러진 그의 얼굴과 대조되는 선명하고 적절히 배치된 자신의 얼굴과 곱고 부드러운 피부를 보았다. 그러니까 그녀는 일그러진 얼굴을 한 '그'라는 타자와의 차이를 통해 자신의 아름다운 얼굴과 살과 피부를 인식하게 된 것. 결국 그녀는 그를 살려준다. 그를 살려 준다는 것은 처음으로 로라가 (흐릿하지만) 어떤 감정을 가졌다는 것을 의미한다. 그것이 연민이든 동정이든.

이제 자신의 감정을 소유할 수 있는 그녀는 결국 이탈/일탈한다. 밴을 버리고 안갯속으로 걸어 들어간다. 감정과 인식이 생긴 그녀. 그녀 앞에 벌어질 세상은 과연 무엇인가. 그것은 아무것도 보이지 않는 안개 속처럼 불안하다. 인간의 감각과 감정을 느끼고 싶어서 케이크를 입에 넣는 로라. 하지만 그녀는 구역질을 한다. 살/피부만 인간의 것일 뿐, 여전히 그녀는 인간이 아니다. 외계인 동료들은 이탈한 그녀를 찾아 나선다. 그녀는 우연히 한 남자를 만나 그의 집에 따라간다. 그 남자는 (그녀는 추위를 느끼지 못하지만) 로라에게 재킷을 벗어 덮어주고 그녀를 위해 요리를 해준다. 로라가 편히 잠들 수 있도록 히터를 꺼내 주고 자신의 아늑한 침대를 내어준다. 지금까지 만났던 다른 사냥감과는 달리, 그는 로라의 피부에 집착과 반응을 보이기보다 그녀를 다정하게 보살핀다. 그녀는 그가 이상하다. 그는 왜 다른 사냥감처럼 로라의 살과 피부에 즉각적인 반응을 하지 않는 것일까. 그리고 왜 자신에게 따뜻한 침대를 내어주며 그는 기꺼이 소파에서 잠을 청하는 것일까. 아직 완전히 이해할 수는 없지만 그녀는 자기의 몸과 피부를 거울에 꼼꼼히 비춰보며, 조금씩 인간을 이해하려고 한다.

　개를 위해 기꺼이 파도치는 바다에 뛰어드는 것, 모르는 사람을 위해 기꺼이 바다에 뛰어드는 것, 도움을 필요로 하는 어떤 사람에게 기꺼이 도움을 주는 것, 그것은 사실 피부와는 상관없는 일 일지도 모른다. 그 일은 바로 사랑이라는 것. 사랑은 피부와 무관하지 않지만, 그렇다고 피부에 종속되는 것도 아니었다. 그렇다. 그녀는 조금씩 '사랑'이라는 감정을 알기/배우기 시작했다. 로라는 두려움과 공포를 알지 못했다. 그런데 사랑을 알고부터 그녀는 변하기 시작한다. 그와 나들이 간 어느 고성(古城)에서 그녀는 높은 곳에 올라서지 못한다. 부축받으며 겨우 계단을 하나씩 밟으며 내려온다. (눈 깜짝하지 않고 거친) 남자를 유혹했던 그녀가, 그녀의 차에 좀비처럼 몰려들던 (그녀를 성폭행하고자 했던) 남자들의 공격에도 표정 하나 바뀌지 않던 그녀가, 고작 높은 곳에 올라갔다는 이유로 두려워한다. 그러니까 그녀가 얻은 '사랑'이라는 감정은 '두려움'이라는 감정을 동시에 갖지 않으면 안 되는 것이었다. 두려움이 없으면 사랑도 없는 것. 그녀는 사랑을 얻고 두려움도 얻었다.

　로라는 (거의) 인간이 되어갔다. 혹은 인간이기를 소망했다. 그리고 사랑한다고 느끼는 그와 '사랑'을 나눈다. 그런데 사랑을 나누다가 그녀는 당황한다. 그를 밀치고 램프를 들어 자신의 다리 사이를 비춘다. 그녀에겐 결정적인 신체 일부, 즉 성기가 없다. 말하자면 그녀의 여성성을 보증하는 결정적인 구조의 살과 피부가 없는 것. 완벽한 외피를 가진 그녀가 피부 속의 것들, 즉 인간의 감정을 조금씩 알아가며 사랑을 하려고 하지만, 막상 사랑은 피부 없이 가능하지 않았던 것이다. 인간의 감정을 조금씩 알아가지만 피부 아래 감춰진 자신은 여전히 인간이 아니었다. 로라는 그를 떠나 비가 내리는 축축한 숲 속으로 향한다. 외딴 산장에서 웅크리고 잠을 자는 그녀. 그녀가 있을 수 있는 곳은 더 이상 없다. 그때 그녀를 겁탈하려는 어떤 남자가 나타난다. '두려움'(아, 사랑의 대가는 얼마나 참혹한가)을 느끼는 그녀는 그를 피해 도망친다. 하지만 그에게 잡혀 겁탈을 당하다가 그만 그녀의 피부가 벗겨지고 만다. 그녀를 아름답게 만들어주던, 그토록 사람들이 매혹당하며 빠져들던 피부, 자신조차 자신을 잊게 했던 피부. 그 피부 속에 시커멓고 앙상한 자신의 실체가 드러난다.

살과 피부의 힘은 강하다. 살과 피부가 만들어 내는 권력은 힘이 세다. 사람들은 그것을 잘 알고 있다. 인간은 피부의 힘을 이용하고 피부의 힘에 굴복해 왔지만 지금 시대만큼 피부의 힘이 강했던 적은 없을 것이다. 성형외과와 피부과, 그리고 각종 화장품과 미용 산업, 더불어 몸매/외모 관련 산업의 폭발적인 발전은 우리 시대의 살, 피부, 얼굴의 힘을 잘 보여준다. 그럼에도 인간을 인간으로 만들어 주는 진정한 것은 무엇일까. 우리가 제대로 봐야할 곳/것은 어디일까. 살과 피부일까, 아니면 그 속에 있는 것들일까. 우선 내가 마주하는 것은 당신의 살이지만, 어쩌면 사랑은 살에서 시작될지도 모르지만, 살 없이 사랑할 수 없겠지만, 그럼에도 우리는 살만으로 사랑할 수 없다. 좀 더 정확히 말하자면,

애초에 사랑은 피부 아래의 것들을 감지할 때, 그제야 생겨난다. 욕망과 유혹은 피부를 통해 가능하지만 사랑은 피부를 넘어서야 가능하다.

조나단 글레이저, 〈언더 더 스킨〉, 2013

그녀를 아름답게 만들어 주던, 그토록 사람들이 매혹당하며 빠져들던 피부. 자신조차 자신을 잊게 했던 피부. 하지만 그 피부 속에 담긴 시커멓고 앙상한 자신의 실체를 대면한 로라. 우리는 로라의 '검은 실체'를, 아름다운 피부를 가진 그녀보다 더 인간적으로 느낄 수 있을까. 그렇게 느낄 수 있다면, 우리의 시선이 단지 외피에 머물러 있지 않을 수 있는 능력이 우리에게 있는지도 모른다.

피부 아래 것들을 감지한/감지할 수 있는 로라는 드디어 인간적인 두려움을 느꼈고, 그제야 사랑을 느꼈다. 그래서 마지막 장면은 인상적이다. 영화 내내 그토록 아름다운 외피를 가졌지만, 피부 속이 텅 빈 것 같은 로라는 전혀 인간적으로 보이지 않았다. 그녀는 차라리 총이나 덫 등, 사냥 도구와 같은 어떤 기계처럼 보였다. 하지만 영화의 마지막 장면, 피부라고 느낄만한 피부가 없는 검은 실체의 뒷모습에서, 그녀였던 피부(얼굴)를 들고 주저앉은 로라의 뒷모습에서 막상 어떤 인간적인 감정을 느낄 수 있었다. 두려움, 공포, 절망, 슬픔, 우리가 가진 다양한 그것들을.

조금 잔인한 상상이지만, 만약 우리의 피부를 한 겹 벗겨내면, 그래서 모두가 생물 시간에 본 인체 해부도와 같은 모습을 우리가 하고 있다면, 우리의 사랑은 어디에서 시작될 것인가. 붉은 근육의 아름다운 결에서 시작될 것인가. 귀여운 콩팥에서 시작될 것인가, 또는 잘빠진 간에서 시작될 것인가, 아니면 매끄러운 대장에서, 그것도 아니면 황홀한 전두엽에서 우리의 사랑은 시작될 것인가. 인류는 예로부터 살과 피부의 아름다움을 끊임없이 예찬하고 노래했지만, 그렇다고 꼭 우리가 그것의 노예가 될 필요는 없다. 1~1.5mm에 불과한 살과 피부에 그토록 매혹당하는 일이 사실 어딘가 부조리하지 않은가. 과학기술의 발달로 이제 신체 내부도 섬세히 볼 수 있는 우리 시대라면, 우리는 장기와 뼈의 생김새를 보고 사랑을 시작할 수도 있다. 하지만 누구도 당신의 위장과 2번 척추뼈에 빠져 당신을 사랑하지 않는다. 마찬가지 의미에서 겉에 드러난 장기의 일종인 피부 역시 특별한 취급을 받을 필요는 없다. 달리 생각하면, 다른 장기와 마찬가지로 언젠가는 쪼그라들고 거칠어지고 늘어지고 변색되고, 종내 변할 피부에 (다른 장기와 다른) 특권을 부여해 줄 이유가 전혀 없을지도 모른다. 그런데 살과 피부에 사로잡힌 우리는 여전히 피부에/의 노예가 되어 있다.

우리가 진정 봐야 할 것은 무엇인가. 스킨인가, 아니면 언더 더 스킨인가. 우리가 알고 배워 가야 하는 것은 피부인가 피부 아래 감정 혹은 사랑인가. 피부로부터 우리는 완전히 자유로울 수 없지만, 그럼에도 우리를 진정 자유롭게 만드는 것, 우리를 사랑에 이르게 하는 것, 그것은 단지 피부에만 머물러 있지 않다는 사실을 영화는 (매우 불친절하게) 가르쳐 준다. 얇은 피부 아래에 있지만 깊이 바라보지 않으면 보지 못하는 것들, 두려움이라는 대가가 주어지더라도 기꺼이 받아들이며 얻는 것들, 그것은 감춰져 있다. 당신과 나의 피부 아래.

사랑의 장애물은, 사랑
– 사랑을 말할 때 우리가 이야기하는 것

> 사랑은 바위처럼 가만히 있는 것이 아니다.
> 사랑은 빵처럼 늘 새로 다시 만들어야 한다.
>
> —어슐러 K 르 귄

'사랑에 빠졌어'라는 말. 이 말이 함의하는 바는 다의적이다. '빠졌다'는 말에는 내 의지와 상관없이 그를 좋아하고 사랑하게 되었다는 의미가 담겨있다. 수동성의 시간과 공간에 놓이는 것. 사랑에 빠진 사람은 감히 내 의지와 노력만으로 사랑에 빠지거나, 빠지지 않는 일이 가능하지 않다는 것을 잘 알고 있다. 아무 감정이 들지 않는 누군가에게 내 의지와 노력으로 사랑에 빠지지 않듯, 미치도록 사랑하는 어떤 사람에게서 내 의지와 노력으로 벗어날 수 있는 것은 아니다.

'사랑에 빠지다'라는 말의 속성을 통해 사랑에 대해 말해주는 것이 하나 더 있다. 그것은 사랑이란 언젠가는 빠져나와야 할 대상이라는 것. '빠졌다'고 말할 때는 이미 빠지지 않은 상태를 전제로 하고 있다. 빠지지 않은 상태이어야 빠지는 것이 가능하니 말이다. '사랑에 빠졌다'는 말을 통해 알 수 있는 사실은, 우리는 사랑이라는 것을 우리도 모르게 언젠가 빠져나오거나, 혹은 빠져나와야 하는 대상으로 여기고 있다는 점이다. '빠진' 상태로는 제대로 살 수 없다. 빠지는 일은 특수한 사건이고 예외적인 일이다. 늪, 물, 모래, 웅덩이, 그런 것들에 빠지면, 빠진 그곳에서 나와야 우리는 다시 걷거나 살아갈 수 있다.

　그러니까 사랑(연정, 에로스)에 대한 가장 큰 오해는 그것을 빠지는 일로, 특정한 시기에 특정한 사건과 특정한 호르몬 분비로 바라보는 일이다. 고대부터 지금까지 반복/변주된 사랑의 서사는 대부분 이 특정한 시기를 다뤘다. 로미오와 줄리엣이 그랬고, 신데렐라가 그랬고, 베르테르가 그랬다. 빠지는 일은 달콤한 매력을 주기에 우리는 기꺼이 빠지는 사건을 읽고 보고 흠모하며 '빠지는 사건'에 빠져들었다. 그래서 우리는 사랑이라는 사태를 어느 시간/순간으로 한정 짓는다. 아니면 연인이 만나서 처음 사랑을 시작하는 그 지점, 그때로 한정 짓는다(사랑을 노래하는 대중가요 중 이 시기가 아닌 노래가 얼마나 있는지 생각해 보면 이해가 쉽다). 그래서 사랑을 노래할 때 그만큼의 이별을 노래한다. 역설적이지만 이별은 당신에 대한 내 사랑을 영원히 유지시켜주는 유일한 알리바이이기 때문이다. 말하자면, 이별은 사랑이 식거나, 사랑이 식상하거나, 사랑이 없다고 말하지 않고도 당신에 대한 사랑을 영원히 간직할 수 있는 거의 유일한 방법이다.

하지만 이런 사랑은, 사랑에 대한 오해다. 소설, 영화, 노래 가사 속이 아닌, 현실의 우리는 삼 년이 지나도, 십 년이 지나도, 삼십 년이 지나도, 삶이라는 현실에서 살아야 한다. 수많은 서사와 노랫말의 그들과 달리 우리는 이 길고 지루한 시공간의 자리에서 사랑해야/살아가야 한다.

레이먼드 카버의 단편 소설 〈사랑을 말할 때 우리가 이야기하는 것〉에서 '나'와 아내는 친구 부부 집에 모여 사랑에 대해 이야기한다. 모두 사랑에 대해 이런저런 경험이 있고 나름의 정의를 가지고 있다. 그들은 상대방의 사랑이라는 개념에 대해 때론 동의하고 때론 동의하지 않으며, 조금씩 어두워지는 저녁까지 술을 마시고 사랑에 대해 이야기한다. 그렇게 사랑에 대해 논쟁하다 의사인 친구 멜이 자신이 겪었던 일에 대해 이야기한다. 어느 날, 멜은 병원에서 호출이 와서 급하게 간다. 술에 취한 십대가 아버지의 픽업트럭을 몰다 노부부의 캠핑용 차량을 들이받은 사고가 난 것이다. 아이는 이미 사망한 상태였고 노부부는 살아 있었는데, 복합 골절, 장기 파열, 출혈, 타박상, 열상, 뇌진탕이, 특히 여자 쪽은 비장까지 파열되었고 무릎 연골도 파열되었다. 그는 동료 의사들과 밤새도록 수술했고 다행히 노부부는 살았다. 하지만 노부부는 둘 다 모두 머리끝에서 발끝까지 깁스와 붕대를 하고 있었다. 남편은 계속 자포자기 상태였다. 그는 머리를 돌려, 자기 부인을 볼 수 없다는 사실에 마음을 아파하고 절망했다. 멜은 이렇게 말한다. '그 늙은이가 망할 놈의 마누라를 볼 수 없다는 사실 때문에 죽어가고 있었다'고.

50년, 어쩌면 그 이상을 함께 살며 매일 보았을 노부부. 그들에게 닥친 비극은 사고가 시작이었지만, 서로가 곁에 있어도 고개와 눈을 들어 볼 수 없다는 그 자체에 있었다. 그런대로 수술은 성공적이어서 몸은 회복될지 몰랐지만 그는 고개를 돌려 눈구멍을 통해 아내를 볼 수 없다는 사실 때문에 절망하며 죽어갔다. 그 늙은 남편에게 살아있다는 건, 그리고 사랑이라는 건 무슨 의미일까. 어쩌면 그건 같은 의미이지 않을까. 사랑하는 사람의 눈을 보고, 얼굴을 보고 이야기를 하는 행위는 사랑하는 행위이지만 동시에 그것은 아직 살아있음을 증명하는 행위이기도 한 것이었다. 그러니까 늙은 남편에게 '사랑한다'는 것은 '살아있다'는 것과 구분되는 무엇이 아니었던 것. 즉 사는 일이 사랑하는 일이고 사랑하는 일이 사는 일이었던 것이다. 레이먼드 카버가 사랑에 대해 말하고 싶은 것은 사실 조금 다른 이야기일 수 있지만, 우리가 카버의 소설을 통해 사랑에 대해 말할 수 있는 것이 있다면, 사랑은 어느 특정 시기나 순간의 사건이 아니라 살아가는 일과 같은 것이라는 점이 아닐까. 바디우는 이렇게 말했다.

최초의 장애물, 최초의 심각한 대립, 최초의 권태와 마주하여 사랑을 포기해버리는 것은 사랑에 대한 커다란 왜곡일 뿐입니다. 진정한 사랑이란 공간과 세계와 시간이 사랑에 부과하는 장애물들을 지속적으로, 간혹은 매몰차게 극복해나가는 그런 사랑일 것입니다.

이 "지속성"이라는 표현에서, 사랑이 지속되고 서로가 항상 사랑하

며 또는 영원히 사랑한다는 의미만을 이해해서는 안 된다는 것입니
다. 삶에서 지속되고 있는 여러 가지 다른 방식을 사랑이 창출한다는
의미로 받아들여야 한다는 말이지요. (…) 우리가 잘 알고 있듯이, 사
랑은 삶의 재발명이기 때문입니다.

– 알랭 바디우, 《사랑 예찬》, 도서출판 길, p.43

그러니까 사랑을 처음 그를 '만난 그 사건과 시점'에 고정시키는 것이 아니라, 그와 함께 살아가야 할, 긴 시간 속에 펼쳐 놓을 무엇으로 생각해야 한다는 것이다. 우리는 '사랑에 빠진다'는 말로 사랑을 어느 시점에 고정시키고 있다. 그러나 사랑은 그 '빠진 사랑'에서 빠져나와(어차피 누구나 빠져나올 테니까) 새로운 사랑을 끊임없이 지속시켜 나가야 하는 일인 것이다. 그것은 매번 다른 사람/사랑을 만난다는 의미가 아니다. 어차피 그 다른 사랑/사람에서도 언젠가는 빠져나올 테니, 그것은 동일한 빠짐의 반복일 뿐 사랑의 지속일 수는 없다. 그렇다고 한 사랑/사람에 대한 '영원한 사랑'을 다짐하는 것 또한 아니다. 차라리, 영원한 사랑이란 없다고 이야기하는 편이 나을지도 모르겠다.

사랑은, 이를테면 평생 허물을 벗는 어떤 곤충이나 파충류처럼 끊임없이 재창조되어야 하는 일이 아닐까. 그/그녀와 단 한 번의 강렬한 사랑에 빠지고 남은 긴 시간 동안 권태, 실망, 체념으로 살거나, 다른 사람/사랑을 찾아 유령처럼 헤매며 사는 것이 아니라, 사랑하는 사람을, 사랑하기로 결심한 사람을 매번 다시 사랑하는 것, 끊임없이 발견하고 재창조해가는 일, 우리는 그것을 사랑이라고 말해야 한다. 그 사랑이 처음 만났을 때 느꼈던 그 사랑과 꼭 같은 사랑은 아닐 것이다. 사실 그것은 처음의 사랑과는 다른 결의 사랑으로 다시 만들어가는 일이다. 그것이 단지 오래된 '의리'나 '가족애'로 환원하는 일 또한 아니다. 사랑은 끊임없이 날로, 날로 만들어 가는 일이다. 새로운 사랑을 만들어 가는 일은 (모든 창조의 일이 그렇듯이) 어려운 일이지만, 불가능한 일은 아니다. 고개를 돌려 아내를 바라보지 못해 죽어가는 노인처럼, 살아가는 일이 사랑하는 일이고 사랑하는 일이 살아가는 일이라면 말이다.

그녀와 사랑에 빠지면, 나는 그녀의 눈을 보며 이렇게 고백할 것이다. 우리 사랑의 가장 큰 장애물은 바로 지금 우리의 사랑일 것이라고. 지금 이 사랑만이 사랑의 전부라면 우리의 사랑은 아마 봄날의 꽃처럼 곧 떨어질지도 모른다고. 지금, 당신에 대한 나의 사랑은 영원하지 않을 것이고, 우리의 사랑은 언젠가 끝날 것이라고. 하지만 지금 이 사랑만이 우리 사랑의 전부가 아니라면, 지금 우리 앞에 놓인 이 사랑이 언젠가 끝날 때, 나는 다시 다른 사랑을 만들 것이라고. 그렇게 매번 당신을 다시 사랑하며 살아갈 것이라고. 그것이 내가 당신에게 사랑에 대해 말할 수 있는 유일한 고백이라고.

에드바르트 뭉크, 인생의 네 시기, 1902

우리는 단 한 번만 사는 게 아니다. 뭉크의 인물처럼 매 번 다시 태어난다. 다시 태어난 다는 것은 단지 그렇게 관념적으로 마음먹는 일만을 의미하는 것은 아니다. 과학적 사실에 의하면 우리의 세포는 매번 죽고 다시 태어난다. 이십년 전 내가 물리적으로/정신적으로/생리적으로 꼭 같은 '나'가 아니다. 그러니까 우리는 매번 다시 태어나는 셈. 우리의 사랑도 그렇다. 우리의 사랑이 단 한 번의 사랑이자 마지막 사랑이 아니다. 우리의 사랑 역시 매번 새롭게 만들어야 하는 무엇이다.

사랑해요, 라는 말
– 말보다, 말을 건네는 태도

. . . . .

> 언어는 형태이지, 실체가 아니다.
>
> – 페르디낭 드 소쉬르

사랑이 말로만 할 수 있는 일은 아니지만 말없이 가능한 일도 아니다. 말없이 사랑할 수 없는 우리는 종종 말 때문에 사랑의 어려움에 직면한다. 말을 하지 않아서 오해, 혹은 말을 해서 오해. 우리는 말없이 사랑할 수 없지만 말은 사랑을 힘들게 하거나 끝내 그 사랑을 파국으로 몰고 가기도 한다. 사랑하는 사람은 말을 적게 해야 할까. 아니면 많이 해야 할까. 해도 오해, 안 해도 오해라면 우리는 어디에 서 있어야 하는 걸까. 차라리 '많은 말'을 할 수 없는 코끼리나 물고기였다면 우리 사랑의 오해는 이리 크지 않았을까.

우리는 동일한 언어로 대화를 나누기에 상대 말을 바로 알아듣는다고 생각하지만 사실 같은 모국어를 쓰는 우리의 대화도 '번역'의 과정을 거친다. 그것은 마음이 말로 번역되는 과정인데, 내 마음을 어딘가에서(전두엽의 어디일까, 좌심실과 우심실 사이 어디일까) 꺼내 '온전히', 또는 '그대로' 전달할 수 없는 우리는 말을 통해 마음을 소통하고 전달하려고 애쓴다. 이때 내 마음을 언어로 번역해야 한다. 나는 내 마음을 번역해서 그에게 전하고 그는 내 말을 번역해서 자신의 마음에 담는다. 내 마음을 번역하고 상대의 마음을 번역하는 우리의 말하기는, 원래 '번역'의 속성이 그렇듯이 언제나 오역과 오해를 동반한다. 정확한 번역은 없다. 우리가 바라는 번역의 어떤 최대치에 다가서기 위해 노력하는 번역은 있어도, 완벽한 번역은 없다. 그런 의미에서 말의 오해는 그 번역의 틈에서 생겨나는 어떤 필연이다. 그렇다면 우리에게 중요한 것은 번역 그 자체에 있다기보다 번역하는 태도에 있다.

백수린의 단편 소설 〈거짓말 연습〉에서 주인공 '나'는 남편과 이혼할 결심을 하고 프랑스로 유학 온다. 그녀는 어느 소도시에서 어학연수를 한다. 이 소도시는 잠깐의 어학연수를 하고 자신이 원하는 미술대학에 합격하면 곧 떠날 곳이다. 잠시 머물다 떠날 곳, 언어도 제대로 통하지 않는 곳, 가령 대화라곤 고작 '어디에서 왔습니까?', '무엇을 공부합니까?'가 전부인 그곳에서 그녀는 '새로 배운 단어를 활용해보기' 위해 일종의 무해한 거짓말을 한다. 그리고 그녀는 '거짓말 연습'을 통해 말의 진실은 말의 내용이 진실인가 거짓인가를 넘어, 그러니까 말에 담긴 어떤 의미를 넘어 말의 건넴 그 자체에 있다는 것을 깨닫게 된다. 이제 어학연수를 마치고 그 소도시를 떠나게 되는 그녀. 그런 그녀와 기숙사에 함께 사는 다양한 피부톤과 머리색을 가진 가난한 유학생들이 방을 빼기 전 남은 음식 재료를 처리하기 위해, 공동의 저녁 식사 자리를 마련한다. 서툰 외국어로 서툴게 이야기하는 서툰 이방인들의 잔치.

> 우리는 형용사나 부사, 은유나 상징이 제거된 가장 단순한 구조의 문장으로만 의사소통을 했다. 때로 우리는 의미가 불분명한 문장들을 만들었고 아주 자주, 정반대의 의미와 어휘를 선택하는 실수를 범하기도 했지만 그런 것들은 대체로 문제가 되지 않았다. 신기한 체험이었다. 사실 우리 중 누구도 상대가 하고자 하는 말을 백 퍼센트 이해한다고 생각하지 않았다. 우리의 말이 온전히 전달된다고 착각하지도 않았다. 그럼에도 우리의 대화는 이어졌다. 최소한의 단어들의 나열과 어조의 높낮이, 그리고 손짓과 눈짓만으로도 충분한 말들이 여기, 이 식사 자리에 있었다.
>
> – 백수린, 《폴링 인 폴》, 〈거짓말 연습〉, 문학동네, p.194

그녀는 그들과 어떻게 대화가 가능했던 것일까. 언어를 통해서였을까, 아니면 언어 너머 어딘가에 있는 무엇을 통해서였을까. 그녀가 느낀 '충분한 말들'이란 무엇일까. 그것은 아마 말의 진위여부는 아니었을 것이다. 그보다는 서로가 서로에게 진실한 마음으로 말을 건네고 있다는 그 사실이었을 것이다. 그러니까 그녀에게 중요한 것은 말보다 말을 건네는 일이었고 태도였다. 우리는 말 잘하는 기술을 배우지만 정작 배위야 할 것은 말이 아니라 말을 건네는 태도일지 모른다. 말을 건네는 태도는 스피치 기술로 환원되는 무엇이 아니다. '스피치 기술'은 하고 싶은 말을 정확하고 정연하게, 그리고 제대로 설명하고 설득하는, 말하자면 '내용' 전달에 목적이 있지만, '말을 건네는 태도'는 그 '태도 자체'에 목적이 있기 때문이다. 우리가 말할 때, 나는 당신에게 말만 건네고 있었던 건 아니었다. 굵고 낮게 울리는 목소리, 가늘고 섬세한 목소리, 그녀의 눈빛, 입가의 주름, 손가락의 움직임, 그의 무거운 호흡, 호흡과 말 사이에 침묵들. 그런 것들을, 사실 나는 당신에게 건네고 있었던 것이다. 말을 잘하지 못해도, 잘 표현하지 못해도, 잘 알아듣지 못해도, 말을 건네는 노력과 들으려는 노력이 있다면, 말하는 기술만으로는 전해줄 수 없는 어떤 감정과 내용을 우리는 그에게 건넬 수 있을지도 모른다. 그리고 그것이 어쩌면 우리가 전하고 싶은 사랑의 전부일지도 모른다. 어떤 형용사나 부사 같은 꾸밈이 없어도 우리의 말은, 그렇게 건네고 들을 때 어느 시골 성당의 '성가곡의 가락'처럼 아름다운 무엇이 될 수 있다. 한발 물러나 대화에 참여하지 못했던 주인공 그녀도 고요하게 울리는 그 합창곡에 참여하기 위해 입술을 살짝 뗀다.

그러나 그런 것과 상관없이 식당에 자리 잡은 사람들은 높낮이가 각기 다른 억양과 발음으로 무엇인가를 끊임없이 이야기했다. 한발, 대화 밖으로 떨어져 나와 그것을 듣다 보니 그들의 대화는 성가곡의 가락처럼 들렸다. 창밖은 완연한 여름이었다. 나는 눈을 감고, 그 곡조

의 결을 가만가만 짚어보았다. 그리고 그 곡조가 익숙해졌을 때, 고요
하게 울리는 그 합창곡에 끼어들기 위해서 나는 굳게 닫고 있던 입술
을 살짝 떼었다.

– 백수린, 《폴링 인 폴》, 〈거짓말 연습〉, 문학동네, p.196

© René Magritte / ADAGP, Paris - SACK, Seoul, 2016
르네 마그리트, 이것은 파이프가 아니다, 1929

마그리트가 그린 이 그림은 파이프인가? 물론 언어적 관습으로 그림 속의 파이프를
파이프라고 말할 수 있다. 재현하는 매체와 재현하는 대상이 종종 동일시되는 것이
특별한 일은 아니다. 하지만 그렇다고 그림 속의 파이프가 (실체의) 파이프라고 꼭 단
정 지을 수만은 없다. 파이프일 수도 있지만 파이프를 재현한 그림이기 때문에 파이
프가 아니라고 말할 수도 있다. 당신이 내게 말한 사랑이라는 말은 정말 당신의 사랑
인가? 당신의 말은 사랑일 수도 있지만, 언어를 통한 사랑의 '재현'일 뿐 사랑 '자체'

는 아닐 수도 있다. 사랑 그 자체는 어디에 있을까. 그건 그 말에 있을까, 아니면 그 말 너머 어딘가에 있을까. 어쩌면 사랑은 사랑이라는 말에 있는 게 아니라 그것을 말하는 태도에, 그러니까 사랑은 사랑이라는 말 너머에 있는 어떤 태도가 아닐까.

'사랑해요'라는 말. 이 말이 감동적인 것은 뻔하고 흔한 반복적인 내용, 사랑한다는 말에 있는 것이 아니다. 이 말을 할 때 느껴지는 당신의 떨림, 당신의 호흡, 당신의 표정, 당신의 불안, 당신의 기쁨, 그리고 당신의 슬픔 때문에 감동적인 것이다. 이런 것들이 없는, 그저 기계적으로 울리는 '사랑해요'라는 말의 내용은 누구도 감동시키지 못하고, 누구도 감동받지 못한다. 이제 우리는 '사랑해요'라는 말을 다시 건네야 한다. 그건 사랑한다는 정보를 전달하기 위해서가 아니다. 그것은 어떤 필사적인 시도와 절박함으로 내 모든 것들이 온전히 당신에게 가 닿기 위해서다.

사랑과 결혼의 거리
– 결혼은 아무하고나 하는 것

여자 분들의 상상력은 아주 신속해요.
찬양에서 사랑으로,
사랑에서 결혼으로 한순간에 건너뛰죠.
– 제인 오스틴, 《오만과 편견》, 윤지관, 전승희(역), 민음사, p.41-42

사랑에 대해 이야기하면서 결혼을 말해야 하는 것은 아니다. 사랑이 꼭 결혼이라는 것을 목적으로 두고 생성, 발전되는 감정은 아니기 때문이다. 하지만 사랑·성·결혼이 삼위일체로 형성된 우리 시대에 결혼에 대해 이야기하는 것은 사랑의 어떤 부분을 더듬어 볼 수 있는 하나의 방법이 될 수 있을지도 모른다.

우리는 사랑하면 결혼하는 것을 당연한 것으로 생각하지만, 사실역사적으로 사랑과 결혼은 대개 무관한 것들이었다. 둘의 관계는 한반도에선 고작 백여 년 전부터, 서구에서도 비교적 최근에 형성된 관계다. 어린 신랑이 가임기의 처녀와 결혼하던 우리 과거의 풍습은 애초에 사랑과 결혼이 큰 관련 없는 두 항목이었다는 것을 보여준다. 인류의 오랜 기간,

다 큰 처녀와 총각이 만나더라도 결혼의 기준은 가문이나 혈통, 또는 번식에 있었지 사랑에 있지 않았다. 인류에게 익숙한 풍경은 낯선 두 남녀가 서로의 감정과 상관없이/느닷없이 조우해서 결혼하는 일이었다. 거기에 사랑 같은 건 끼어들 틈이 없었다. 대부분의 인류에게 이상적인 배우자의 기준은, 남자는 가족 공동체를 잘 먹여 살릴 수 있는 능력, 여자는 가족 공동체를 잘 불리고 돌볼 수 있는 능력이었다. 그러니까 '사랑과 결혼'이라는 고전적인 관계는 사실 고전적인 관계가 아니었던 셈이다.

그런데 언제부턴가 사랑, 성, 결혼이 성스러운 삼위일체로 우리에게 나타났다. 근대 이전의 세계에서 부부간의 사랑은 어색한 일이었다. 황진이와 서경덕이 부부던가, 매창과 유희경이 부부던가, 트리스탄과 이졸데가 부부던가, 윤심덕과 김우진이 부부던가. 그들은 가족이라는 울타리 밖에서 사랑을 했다. 부부는 가족이라는 공동체에서 각자의 역할이 있었을 따름이고 사랑은 가족 밖에서 구해야 하는 무엇이었다(지극한 부부애가 있었던 경우가 전혀 없던 것은 아니었지만 예외적인 경우였다). 물론 지금도 그렇지만 과거에는 더욱 남성 질서의 사회였기 때문에 주로 남성이 가족 밖에서 사랑을 찾았다. 가끔 (귀족) 여성도 가족 밖, 가령 준수한 젊은 장교나 건장한 돌쇠와 사랑을 하지 않은 건 아니었지만. (《안나 카레니나》의 안나와 《보바리 부인》의 엠마는 남성 질서의 사회에서, 남자들처럼 '그 흔한' 가족 밖의 사랑을 했기 때문에 비극적 파국을 맞게 된다.)

얀 반 에이크, 아르놀피니 부부의 결혼식, 1434

역사적으로 사랑과 결혼은 대개 무관한 것들이었다. 둘의 관계는 비교적 최근에 형성된 관계다. 아르놀피니 부부의 모습에서 넘치는 사랑의 감정보다, 어떤 엄숙함과 정결함이 느껴지는 이유는 무엇일까. 약간 배가 부른 신부는 2세를 품고 있는 것일까. 신랑의 표정은 근엄하기까지 하다. 인류에게 더 익숙한 풍경은 낯선 두 남녀가 사랑이라는 감정과는 상관없이 결혼하는 일이었다. 오히려 사랑보다는 다른 조건들로 결혼하는 경우가 대부분이었다. 애초에 사랑과 결혼은 계열이 다른 두 항목이었다.

　　결국 지금까지, 사랑은 배우자 선택의 중요한 기준이 아니었던 것이다. (지금도 중세 귀족의 신분처럼 살기를 선망하는 재벌가(家)는 여전히 사랑과 관련 없는 결혼을 하는 경우가 많다.) 그런데 이제 경제적 능력, 출산의 능력, 살림의 능력을 포함해, 느닷없이 '사랑'이라는 매우 모호하고 수상한 능력까지 겸해야 되었다. 예전에는 (먹을 것을 잘 가져오든, 아이를 잘 낳든) 비교적 명시적이고 명쾌한 기준 한두 가지만 충족되면 되었는데, 이젠 (사랑이라는) 추상적인 어떤 것까지 요구되고 충족되어야 하니, 점점 더 결혼이 어려운 무엇이 되었다. 현대 사회에서 그럭저럭 외모도 가꾸고, 운동도 열심히 하고, 짬짬이 독서로 교양도 높이고, 꼬박꼬박 세금 잘 내는 내가, (그들도 경쟁이야 했겠지만) 그럭저럭 배우자(또는 교미 상대자)를 찾았던 인류 초기 호모 속(屬)들보다, 또 다들 제 나름의 짝이 있었던 조선시대 양반댁 노비보다, 결혼하기가 더 어려운 일이 되었다는 점은 사실 이상한 아이러니다.

　　'당연히 사랑하는 사람과 결혼해야지요.'라는 말이 진실되지 않은 것은 아니지만, 그렇다고 (결혼의) 진실을 보장해 주는 것은 아니다. 오히려, 결혼은 (대개의 인류가 그랬듯이) 사랑과 무관한 건지도 모른다. 은희경의 단편 소설 〈연미와 유미〉에서 "결혼은 아무 하고나 하는 거야"라는 말은 그런 의미에서 진실이다.

> 언니가 내 결혼에 대해 자기 의견을 말한 것은 뜻밖이었다.
> (…) 그러나 상대가 자동차나 컴퓨터 사양처럼 내 신상에 대해 길게 써놓은 뒤 하나하나 체크를 해나가고 있으리라는 것을 생각하면 견딜 수가 없었다. 상대 역시 나에 대해 마찬가지 생각을 할 것이다. 이런 식으로 선을 보는 여자라면 바라는 것도 뻔할 거라고.
> 나는 '엄마는 내가 아무하고든 결혼 했으면 싶은 거냐'고 대들었다. 언니가 끼어든 것은 그때였다.
> "결혼은 아무나하고 하는 거야."
> 결혼식을 올림으로써 두 사람 각자의 계산은 모두 끝난다. 합산이 시작된다. 그때부터 할 일은 이제 서로 사랑하게 되는 일이다. 언니는 그렇게 말했다. 감정이란 변하고 사라지는 거야. 결혼은 변하지 않는 것을 기준으로 해서 결정하는 게 좋아.
> 언니는 아무 남자라도 사랑할 수 있다는 거야? 하고 내가 비꼬았다. 언니는 물끄러미 나를 쳐다보았다. 그러더니 담담하게 대답했다. 네 일이니 네가 알아서 하겠지. 사람마다 다 다르니까. 다시 교양 있고 무관심한 얼굴로 돌아가 있었다.
>
>   – 은희경, 《타인에게 말걸기》, 〈연미와 유미〉, 문학동네, pp.113-115

동생 유미와 달리 부모님에게 큰 기대와 사랑을 받았던 언니 연미. 언니는 병원장인 남편과 결혼해서 행복하게 살고 있다. 다분히 현실적인 언니는 선본 남자와 결혼도 빠르고 쉽게 했다. 언니와 자신은 많이 다르다고 생각하는 유미. 그런데 그녀는 유학 생활 중 우연히 자취집에 온 한 통의 우편물을 통해 알지 못했던 언니(의 사랑)에 대해 알게 된다. 언니가 사랑했던 사람에게 보낸 우편물을 본 것이다. 사실 언니에게도 사랑이라는 불행이 있었다.

> 하얗게 질린 채 식식거리며 서 있는 나를 가장 놀란 눈으로 쳐다보는 것은 당신이었습니다. 그러나 당신은 차분하게 말했지요. 지금은 회의중이니까 용건이 있으면 나중에 와요.
> 나중이라면 언제를 말하는 것인지요. 제가 당신에게 속할 수 있는 시간이 있다는 것인지요.
> 당신에게 속할 수 있다면 당신의 환부라도 되고 싶었습니다. 종양 같은 것이 되어서 당신을 오래오래 아프게 하고 싶었습니다.
> – 은희경, 《타인에게 말걸기》, 〈연미와 유미〉, 문학동네, p.127

그렇게 냉정하고 현실적으로 보였던 언니는 누구보다도 아프고 누구보다도 불행한 사랑을 했던 것이다. 하지만 그토록 사랑했던 남자친구는 약혼한 뒤 언니를 버리고 떠났다. 그리고 언니는 오래지 않아 선을 보고 결혼을 했다.

내일 어머니가 올라오십니다. 이제 저는 결혼을 하기 위해 선을 보게
됩니다.

상대를 고르는 데 오래 끌고 싶지는 않습니다.

내 삶을 방치하는 것은 아닙니다. 그 반대입니다. 나는 남편에게 헌신
적이 될 것이며 내 머릿속에는 세상에 남편 이외의 다른 남자가 있다
는 사실조차 떠오르지 않을 것입니다. 사랑을 원하지 않기 때문에 어
쩌면 행복해질지도 모릅니다.

당신과 함께일 때 나는 언제나 불행했습니다.

나를 불행하게 했던 당신 당신만을 사랑합니다.

— 은희경, 《타인에게 말걸기》, 〈연미와 유미〉, 문학동네, p.131

언니 역시 사랑을 해보지 않은 것이 아니었다. 누구보다 가장 절
박한 사랑을 했고 사랑으로 불행했다. 그리고 결혼은 '아무'하고나 했다.
물론 이때 '아무'라는 것이 '막' 한다는 의미는 아닐 것이다. 다만 언니는
결혼이 꼭 사랑하는 사람하고만 하는 무엇은 아니라는 말을 하고 싶었던
것이다. '변하지 않는 것'을 기준으로 결정하라는 말은, 결혼을 어떤 '조
건'만 가지고 하라는 의미가 아니라 '사랑'이라는 감정에 기대어 결혼하
는 것만이 꼭 최선이 아닐 수도 있다는 의미인 것이다. 그러니까 언니는
사랑과 결혼은 동일한 계열의 항으로 묶어야 하는 것이 아님을 말하고
싶었던 것이다. 그것은 어느 날, 눈이 번쩍해서 사랑하는 사람을 만나고
일단 결혼에 성공하면 그저 행복하게 살 거라는, 말 그대로 환상에 가까

운 낭만주의적 사랑에 대한 비판이기도 하다. 그런 판타지를 가지고 결혼한 그들/우리는 점차 시간이 흐르면서 생활에서 판타지가 점차 제거된다. 그리고 어느 날 남는 것이라곤, 지리멸렬한 '생활' 그 자체. 그러면 또 누군가는 '사랑' 따위는 없다며 냉소적으로 '생활'만이 전부라고 말한다. 즉 한때의 낭만주의적 사랑의 전사가 어느 날 냉소적인 현실주의자가 되어 돌아온다. 이 낭만주의자이자 동시에 현실주의자인 이들은 사실, 두 항목의 관계를 애초에 잘못 설정해 놓고 양 극단에서 우왕좌왕했을 뿐.

이전 시대에는 존재하지 않았던 '부부간의 불화', '불륜', '이혼과 그것의 증가'라는 사회적 주제(문제)가 우리 시대에 중요해지는 것은 사랑과 결혼이라는 애초에 무관한 두 항목이 무리하게 연결되었음을 보여주는 징후다. 물론 사랑하는 사람과 결혼할 수 있다. 사랑하기 때문에 결혼하지 말자거나, 결혼하면 안 된다는 말이 아니다. 다만 사랑하기 때문에 꼭 결혼해야 한다거나, 사랑이 없으면 결혼하지 못한다거나, 심지어 결혼하기 위해서 사랑해야 한다고 말할 수는 없다는 것이다. 결혼은 제도고 사랑은 제도가 아니다. 제도와 제도 아닌 것을 필연적인 무엇처럼 연결하는 것에서 애초에 오류가 있었던 것.

'정말이지, 그이가 결혼하고 바뀌었어!'라고 우리는 종종 말한다. 그런데 사실, 결혼이 사랑의 완성, 혹은 결과라고 생각한다면 이 말은 옳다. 사랑을 위해 노력하던 연애 시절이 끝나고 '사랑을 완성/완결'한 '결혼'이라는 결과에 도달했는데, 더 이상 무슨 사랑이 필요하겠는가. 완성한 작품에 무엇을 덧칠할 필요가 있는가. '사랑의 완성이 결혼'이라고 생각하는 사람에게는, 또 '결혼이 사랑의 결과'라고 생각하는 사람에게는 결혼하면 그 사랑이 멈춰야 마땅하다. 결혼은 사랑이 종료된 완성품이니까. 하지만 사랑은 그 사랑만으로 의미가 있고 결혼은 그 결혼으로 나름의 의미가 있는 것이라면, 사랑은 결혼에 종속되지 않고 결혼 또한 사랑에 종속되지 않는다. 그러니까 만약 사랑과 결혼이 애초에 종속되지 않는 항목이라면, 그리고 사랑과 결혼 사이에 어떤 거리가 존재하는 것이라면, 우리는 사랑하는 사람과 함께 살거나 결혼해도 여전히 사랑하기 위해 노력해야 한다. 나는 당신을 사랑하고 동시에 당신과 (말 그대로) 동거(同居) 할 뿐이지, 사랑의 결과나 종착점으로 당신과 함께 사는 것이 아니기 때문이다.

만약 내가 당신과 결혼해도 당신에 대한 사랑이, 아직 사랑으로 남을 수 있다면, 그것은 사랑에 대한 맹세를 통해서가 아니다. 그것은 우리의 사랑과 우리의 결혼이 서로 닿지 않는 거리를 통해서다. 여전히 우리는 그 닿을 수 없는 거리에서, 영원히 완성되지 않는 거리에서, 그럼에도 포기하지 않고 가 닿기 위한 노력을 하는 것, 그것을 통해서 당신에 대한 사랑은 아직 사랑으로 남을 수 있다.

'사랑'이라는 동사
– 당신의 늙음을 마주하는 시간

> 우리가 다른 사람을 위해서 무엇을 해주고 있는가가,
> 우리가 그들에게 느끼는 감정보다 더욱 중요하다.
>
> –미하엘 하네케

　사랑하는 사람을 '사랑'한다는, 이 동어 반복적인 말이 의미하는 것은 무엇일까. '사랑'이라는 감정을 느끼는 것이 '사랑'일까. 우리는 그런 감정을 느끼기에 그 사람을 사랑하는 것이지만 그것으로만 우리의 사랑을 사랑이라고 불러도 될까. 아니, 사랑은 감정일까. 혹시 사랑은 애초에 감정이 아닌 것은 아니었을까. 우리는 사랑을 감정으로 알고 있지만, 또 그 감정에서 우리의 관계가 시작되었다고 생각하지만 사실 사랑은 감정이나 마음이 아니라 어떤 행동이나 움직임이 아니었을까. 사람들이 사랑을 '명사', 그것도 추상명사로 지시하니, 우리도 그렇게 생각했던 것은 아니었을까.

　그런데 처음 당신을 좋아했던 것은 알고 보면, 알 수 없는 당신의

마음보다 당신의 표정, 당신의 행동, 당신의 움직임이었다. 당신이 찡그리거나 웃을 때 그 얼굴이 좋았고, 당신이 내게 한 말과 그 입 모양이 좋았고, 나를 바라보는 그 눈동자가 좋았다. '사랑'이라는 감정은 사랑이라는 '명사'에서 출발한 게 아니라 당신과 나를 둘러싼 '동사'에서 시작된 일이었다. 그런데도 우리는 사랑을 추상명사나 오롯한 감정으로만 알고, 배우고, 인식한다. 하지만 사랑은 '명사'가 아닌 '동사'가 아니었을까.

사랑을 명사로 이해하기보다는 동사로 이해한다는 것은 무엇일까. '동사형' 사랑을 그린 감독이 있다. 우리에게 〈피아니스트〉로 잘 알려진 하네케 감독. 그는 일련의 작품들(퍼니 게임, 하얀 리본 등)을 통해 차갑고 냉철한 현실 인식을 보여주었다. 그가 말하는 '아무르(사랑)'에 대한 인식도 그의 다른 작품과 다르지 않다.

영화 〈아무르〉는 여든의 노부부, 조르주(장-루이 트린티냥)와 안나(엠마누엘 리바)의 삶을 통해 늙음과 죽음, 그리고 사랑에 대한 얼음장 같은, 하지만 외면할 수 없는 어떤 성찰을 보여준다. 어느 날 갑자기 찾아온 안나의 병. 수술을 하지만 좋지 않은 결과로 안나의 몸 상태는 점점 악화된다. 먹고 마시고 싸고 자고, 그 모든 것을 그녀는 누군가에게 의지하지 않으면 안 되는 상태에 이르게 된다. 남편 조르주가 간호해주지만, 고령인 그의 몸 상태도 그리 좋은 편이 아니다. 안느는 음악가였다. 그녀는 화려하지도 그렇다고 초라하지도 않은 여느 프랑스 예술가 중산층처럼, 평온함과 차분함, 그리고 절제된 교양 속에서 무난하게 살아왔을 것이다. 그런 평온한 삶을 흔드는 것은 예고 없이, 하지만 반드시 찾아오는 불치의 병과 죽음이다.

감독이 직접적이고 노골적으로 '아무르(Amour)'라는 제목을 단 이유는 이들 노부부의 아름답고 낭만적인 말년의 사랑을 보여주려는 의도가 아니다. 오히려 노장 감독은 작정하고 이렇게 이야기하고 있는 듯하다. '여러분, 보시오. 사랑은 이런 겁니다. 대소변을 받아 내야 하고 서로 추하게 늙어가는 모습을 무력하게 봐야 하고, 누군가에게 신세를 지지 않으면 안 되는 그런 것, 그런 게 사랑입니다.'라고 말이다. '사랑'이라는 제목을 통해 우리가 흔히 떠오르는 그런 상념과 생각을 감독은 보여주지 않는다. 영화 초반, 안느의 제자 피아니스트의 연주회 장면이 긴 테이크로 제시된다. 그런데 특이한 것은 그 장면에서 화면을 연주 무대가 아닌 객석으로 담고 있다는 점이다. 혹시 감독은 (눈이 멀어) 사랑의 환상(무대)만을 보는 우리에게 그 이면을, 사랑의 무대가 아닌 사랑의 현실(객석)을 보여주고 싶었던 것은 아니었을까.

자식은 자식일 뿐. 그들도 그들 나름의 사정과 생활이 있다. 그들의 참견, 그들의 걱정, 그들의 잔소리, 그들의 조언, 그 모든 것은 외부적 참견일 뿐, 노부부의 늙음과 죽음을 그들이 온전히 짊어질 수 없다. 병, 고통, 늙음, 죽음을 짊어져야 하는 건 당사자와 그 늙은 반려자의 몫. 안느는 사진첩을 보며 인생이 참 길다고 말하지만, 사실 그녀의 말과는 달리 인생은 사진첩 몇 권으로 정리될 만큼 참 짧고 보잘것없는지도 모른다. 그녀가 길다고 말하고 싶은 건, 늙어 가는 것과 죽어 가는 과정이 아닐까. 점점 무력해지고 추해지는 자신의 모습을 타인에게 보이고 싶지 않은 안느. 그녀는 하루라도 빨리 세상을 떠나고 싶다. 그래서 그녀는 물 마시는 것을 거부한다. 그리고 거부하는 그녀에게 억지로 물을 마시게 하려다, 말을 듣지 않는 그녀의 뺨을 때리고 마는 늙은 남편 조르주. 병 (病)과 늙음, 이것들은 원하지 않는 모습으로 그들을 변하게 만든다.

"나를 다시는 병원에 보내지 마"라며 병석에서 괴로워하는 안느. 이제 얼마 전의 일도 기억하지 못하는 아내를 달래 주며, 조르주는 어렸 을 때 참가했던 캠프 이야기를 들려준다. 그때 그는 그곳에서 먹기 싫은 음식을 억지로 먹어야 했다. 조르주는 그 캠프지에서 빨리 벗어나고 싶 었다고 아내에게 말해준다. 이제 다시 늙음과 죽음이라는 캠프에 갇힌 안나와 조르주. 이야기를 다 마친 조르주는 가만히 듣고 있는 안나를 위 해, 그의 방식대로, (얼마 남지 않았지만 길게만 느껴지는) 고통스러운 세상에서, 그러니까 그들의 낡은/늙은 캠프에서 그녀를 벗어나게 해준다.

사랑하는 사람을 '위한다'는 것은 무엇일까. 사랑'한다'는 것은 무 엇일까. 물을 거부하고 죽음을 원하는 안느에게 강제로 물을 마시게 하 며 따귀를 때리는 조르주의 행동을 우리는 어떻게 이해해야 할까. 삶이 고통스러운 안느를 베개로 질식사시킨 조르주의 행동을 우리는 어떻게 받아들여야 할까. 조르주의 '행동'은 사랑일까, 아니면 그저 폭력이거나 살인일까. 사법적, 종교적 판단은 쉽고 명확하게 어떤 결론을 내릴지 모 르지만 그러한 삶에 맞닥뜨린 사람들도 이 질문에 대한 대답을 쉽게 내 릴 수 있을까. 베개에 얼굴을 묻은 채 울고 있는 조르주. 그 베개 아래에 서 힘없이 파닥이다 고요해지는 안느. 사랑하는 사람에게 해줄 수 있는 마지막 '행동'. 이 장면을 맞닥뜨렸을 때, 우리는 어떤 생각을 하고 어떤 판단을 할 수 있을까.

　　이 영화로 두 번째 황금종려상을 수상한 감독이 이야기하는 바는 명확하고 차갑다. 그는 누군가를 사랑하는 일은 그리 쉬운 일만이 아니라는 것을 말한다. 사랑은 잔혹한 얼굴을 하고 우리 곁에 있을 수도 있다는 것을 말한다. 그리고 하네케 감독은 이 말도 덧붙인다. 사랑은 '감정'인 '무엇'으로 그칠 수 없다는 것. 사랑은 결국 '행동'해야만 하는 '무엇'이라는 것을 말이다. 당신의 고통을 온전히 알 수 없지만 최대한 그 고통에 감응하며 당신의 고통을 이해하는 일은 결국 그 이해에 상응하는 어떤 행동을 하는 것을 의미한다. 안느를 베개로 질식사시킨 조르주의 행동은 안느의 고통을 진정으로 이해했기 때문에 가능했던 일이다. 그는 이해하고 사랑했기 때문에 그녀를 죽였다. 이 차갑고 무서운 문장을 하네케 감독이 포장하지도 외면하지도 않고 드러내는 이유는 이것이 우리 삶과 사랑이 견디고 통과해야 할 현실이기 때문이다. 그리고 우리의 삶과 사랑은 (환상적인) 무대에 있는 것이 아니라 (현실적인) 객석에 있기 때문이다.

　　사랑은 이토록 무서운 책임감을 갖고 시작하는 일이다. 사랑을 시작하는 일은 비교적 쉽지만, 감정이 요구하는 대로 이끌리는 것은 힘든 일이 아니지만, 그 이끌린 순간의 감정을 지속하며 함께 살아가는 일은 힘든 일이다. 즐거운 일과 힘든 일이 교차되며 삶이라는 직물이 직조되듯, 사랑도 기쁨과 고통, 행복과 불행으로 직조된, 완성되지 않는 직물이다. 그리고 그 사랑을 직조하는 일은 명사가 하는 일이 아니라 동사가 하는 일이다.

미하엘 하네케, 《아무르》, 2012

당신의 추한 주름을, 흉한 우리의 늙음을 마주하는 시간. 그 시간이 우리에게 주어진 것은 그냥 얻어진 것은 아닐 것이다. 부단히 노력한 '동사형' 사랑을 통해 나는 당신의 추한 늙음과 주름을 마주할, 그 아름다운 순간의 권리를 그제야 얻게 된다.

훗날 언젠가, 만약 주름 가득한 당신의 얼굴을 마주할 수 있다면, 그것은 사랑이라는 '명사'에 충실했기 때문이 아닐 것이다. 명사에만 충실했다면, 우리가 지치고 힘들 때 당신은 나를 떠나거나 나는 당신을 떠났어야 했다. 당신의 주름을 바라볼 수 있는 순간이, 그리고 당신의 늙음을 대면하는 시간이 내게 주어진 것은 결코 거저 주어진 것이 아닐 것이다. 그것은 서로가 상대의 기쁨과 고통을 이해하고, 그것을 위해 '동사형' 사랑을 했기 때문에 우리에게 주름과 늙음이 주어진 것일 테다. 그래서 당신의 주름과 늙음은 슬프지만, 또 내 주름과 늙음은 당신에게 슬픔을 안겨줄 테지만, 그것은 그간 우리가 잘 사랑해왔다는 슬픈 기념비 같은 것이다.

"오늘 밤에 '당신 참 예쁘다'고 말했던가?"

다른 이에게 추한 나의 주름과 당신의 주름이 우리에게 예쁠 수 있는 것은 아마 그 주름에 '동사형' 사랑이 담겨 있다는 것을 우리는 알기 때문일 것이다. 그렇게, 그것을 알 때 "오늘 밤에 '당신 참 예쁘다'고 말했던가?"라는 조르주의 대사처럼, 당신의 주름을 마주한 언젠가 그 낡은 밤에도 여전히 나는 당신에게 '당신 참 예쁘다'고 말할 수 있을 것이다.

앙투안 드 생텍쥐페리, 《어린 왕자》, 전성자(역), 문예출판사, 2007

질 들뢰즈, 《프루스트와 기호들》, 서동욱, 이충민(역), 민음사, 1997

한강, 《희랍어 시간》, 문학동네, 2011

고병권, 《철학자와 하녀》, 메디치미디어, 2014

리차드 파인만, 《발견하는 즐거움》, 김희봉, 승영조(역), 승산, 2001

알랭 드 보통, 《왜 나는 너를 사랑하는가》, 정영목(역), 청미래, 2010

롤랑 바르트, 《사랑의 단상》, 김희영(역), 동문선, 2004

안톤 체호프, 《귀여운 여인》, 김임숙(역), 혜원출판사, 1991

알랭 바디우, 《사랑예찬》, 조재룡(역), 도서출판 길, 2010

밀란 쿤데라, 《농담》, 민음사, 2010

플라톤, 《향연》, 강철웅(역), 이제이북스, 2014

스탕달, 《연애론》, 권오석(역), 홍신문화사, 1997

에바 일루즈, 《사랑은 왜 아픈가》, 김희상(역), 돌베개, 2013

미셸 옹프레, 《철학자의 여행법》, 강현주(역), 세상의모든길들, 2013

김애란, 《두근두근 내 인생》, 창비, 2011

칼 세이건, 《코스모스》, 홍승수(역), 사이언스북스, 2008

요한 볼프강 폰 괴테, 《젊은 베르테르의 슬픔》, 안장혁(역), 문학동네, 2010

백석, 〈여우난 곬족〉 중, 《백석 시전집》, 창작과비평사, 2003

마르셀 프루스트, 《잃어버린 시간을 찾아서 I 》, 김희영(역), 민음사, 2014

마누엘 푸익, 《거미여인의 키스》, 송병선(역), 민음사, 2000

신형철, 《정확한 사랑의 실험》, 마음산책, 2014

플라톤, 《향연》, 강철웅(역), 이제이북스, 2014

니체, 《바그너의 경우, 우상의 황혼, 안티크리스트, 이 사람을 보라, 디오니소스 송가, 니체 대 바그너》,
　　　백승영(역), 책세상, 2002

미셸 우엘벡, 《소립자》, 이세욱(역), 열린책들, 2012

지그문트 프로이트, 《정신분석학의 근본 개념》, 윤희기(역), 열린책들, 2004

미야모토 테루, 《환상의 빛》, 송태욱(역), 바다출판사, 2014

알랭 레몽, 《하루하루가 작별의 나날》, 김화영(역), 비채, 2015

에리히 프롬, 《사랑의 기술》, 황문수(역), 문예출판사, 2015

김애란, 《비행운》, 문학과지성사, 2012

레프 톨스토이, 《크로이체르 소나타》, 이기주(역), 펭귄클래식코리아

한나 아렌트, 《예루살렘의 아이히만》, 김선욱(역), 한길사, 2006

레이먼드 카버, 《사랑을 말할 때 우리가 이야기하는 것》, 정영문(역), 문학동네, 2005

백수린, 《폴링 인 폴》, 문학동네, 2014

은희경, 《타인에게 말걸기》, 문학동네, 1996

모니카 마론, 《슬픈짐승》, 김미선(역), 문학동네, 2010

가라타니 고진, 《탐구 2》, 권기돈(역), 새물결, 1998

스티븐 핑커, 《마음은 어떻게 작동하는가》, 김한역(역), 동녘 사이언스, 2007

발터 벤야민, 《일방통행로, 사유이미지》, 최성만, 김영옥, 윤미애(역), 도서출판 길, 2007

한병철, 《시간의 향기》, 문학과지성사, 2013

프리드리히 막스 뮐러, 《독일인의 사랑》, 차경아(역), 문예출판사, 2015

프리드리히 니체, 《니체와 걷다》, 사라토리 하루히코 엮음, 이신철(역), 케미스토리, 2016

롤랑 바르트, 《애도 일기》, 김진영(역), 이순, 2012

W. G. 제발트, 《현기증. 감정들》, 배수아(역), 문학동네, 2014

박민규, 《죽은 왕녀를 위한 파반느》, 예담, 2009

르네 지라르, 《낭만적 거짓과 소설적 진실》, 김치수 . 송의경(역), 한길사, 2001

류근, 《상처적 체질》, 문학과지성사, 2010

페루난두 페소아, 《불안의 서》, 배수아(역), 봄날의 책 , 2014

제인 오스틴, 《오만과 편견》, 윤지관, 전승희(역), 민음사, 2003

사랑에 대한 어떤 생각

초판 1쇄 발행 2016년 11월 04일

지은이 | 안바다
발행인 | 홍경숙
발행처 | 위너스북

경영총괄 | 안경찬
기획편집 | 임소연

출판등록 | 2008년 5월 2일 제310-2008-20호
주소 | 서울 마포구 합정동 370-9 벤처빌딩 207호
주문전화 | 02-325-8901

디자인 | 최치영
제지사 | 한솔PNS(주)
인쇄 | 영신문화사

ISBN 979-89-94747-69-9 03810

·책값은 뒤표지에 있습니다.
·잘못된 책이나 파손된 책은 구입하신 서점에서 교환해 드립니다.
·위너스북에서는 출판을 원하시는 분, 좋은 출판 아이디어를 갖고 계신 분들의 문의를 기다리고 있습니다.
  winnersbook@naver.com | Tel 02)325-8901

이 도서의 국립중앙도서관 출판예정도서목록(CIP)은 서지정보유통지원시스템 홈페이지
(http://seoji.ni.go.kr)와 국가자료공동목록시스템(http://www.ni.go.kr/kolisnet)에서 이용하실 수 있습니다.
(CIP제어번호: CIP2016024502)